U0102559

诗歌的中食物

韩玉龙 ——————【编著】

SHIGE

YU

KEPU

河海大学出版社
HOHAI UNIVERSITY PRESS

·南京·

图书在版编目（ＣＩＰ）数据

诗歌中的食物 / 韩玉龙编著. -- 南京 : 河海大学
出版社，2022.5
（诗歌与科普 / 何薇主编）
ISBN 978-7-5630-7425-9

Ⅰ. ①诗… Ⅱ. ①韩… Ⅲ. ①古典诗歌－诗集－中国
②食品－普及读物 Ⅳ. ①I222②TS2-49

中国版本图书馆CIP数据核字(2022)第025681号

丛 书 名 / 诗歌与科普
书　　 名 / 诗歌中的食物
　　　　　　SHIGE ZHONG DE SHIWU
书　　 号 / ISBN 978-7-5630-7425-9
责任编辑 / 毛积孝
丛书主编 / 何　薇
特约编辑 / 吴　浩
特约校对 / 李　萍
装帧设计 / 秦　强
出版发行 / 河海大学出版社
地　　 址 / 南京市西康路1号（邮编：210098）
电　　 话 /（025）83737852（总编室）
　　　　 /（025）83722833（营销部）
经　　 销 / 全国新华书店
印　　 刷 / 北京众意鑫成科技有限公司
开　　 本 / 880mm×1230mm　1/32
印　　 张 / 7
字　　 数 / 175千字
版　　 次 / 2022年5月第1版
印　　 次 / 2022年5月第1次印刷
定　　 价 / 49.80元

序

俗语说："民以食为天。"食物是人们赖以生存的基础，是支持人们生命活动、维持人们身体健康必不可少的因素。中国，被人们称作"美食王国"，中国人见面第一句话，通常是问："你吃了吗？"可见"吃"在中国人心目中的地位。

中国人爱吃，而且对粮食十分敬畏。中国不仅有着丰富而灿烂的饮食文化，而且每一个中国人从小就被教育勤俭节约，不浪费一粒粮食。"谁知盘中餐，粒粒皆辛苦。"这不仅是对于劳动人民的深切同情，亦是对于维系生产生活的基础资料的尊重。在古代，我们把国家称为"社稷"，"社"是土地神，"稷"是五谷神。每年的春节期间，家家户户祭灶神。在民间乡村，常常可见土地庙，人们在庙中祭祀土地神，以求平安，保收成。

"仓廪实而知礼节，衣食足而知荣辱。"吃，在满足了生活需要之后，就更加关乎礼仪，成为人类文明中不可或缺的组成部分。除夕家家户户要吃年夜饭，为了这顿团圆饭，远在他乡的人们奔赴千里，昼夜兼程。正月里要吃饺子、年糕，元宵节要吃汤圆，端午节要吃粽子，清明节要吃青团，中秋节要吃月饼，过生日要吃长寿面，结婚要送枣子花生以示吉利……可以说，我们的传统文化，已经将"吃"烙印在骨子里，家人团聚、故交相逢的时候要吃，送别亲友要吃，结婚、乔迁之类的喜事要请客吃饭，办丧事也要摆宴席。饮食文化根植在中国广袤的土地上，融于每一个中国人的血液里，从过去，到现在，到未来，都是我们国人割舍不掉的情愫。家乡的一缕炊烟，灶火台里的一锅米饭，是人们哪怕离开故土十年、二十年，都不会忘记的乡味。

中国是诗歌的国度。《论语·阳货》中"诗，可以兴，可以观，可以群，可以怨。"说的是诗歌的社会功能。诗歌，可以启迪心志，可以观察民情，可以交流切磋，可以发怨述怀。诗歌的内涵极其丰富，无物不可以抒写，无事不可以入诗。

本书以诗歌作引，简单介绍了这些诗词中出现的食物。所选食物不拘，既有原生的，也有加工的；所阐内容不拘，更多的是阐释某种食物的文化、食俗，而非介绍食物的做法、效用。囿于作者的知识能力，本书难免会有疏漏之处，敬请各位读者朋友指正。

目录

目录

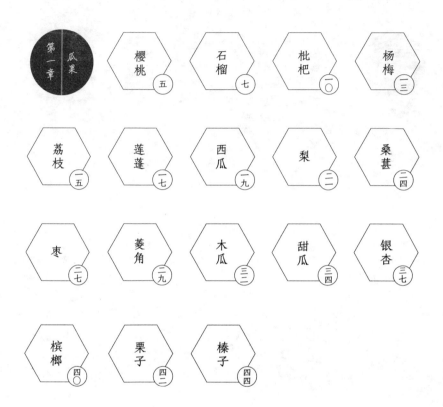

目录

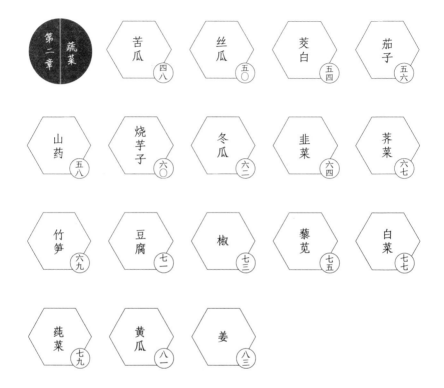

目录

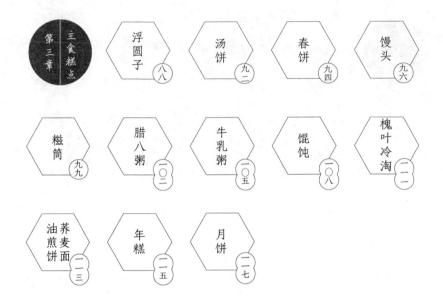

目 录

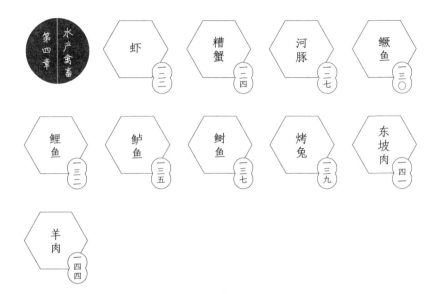

目录

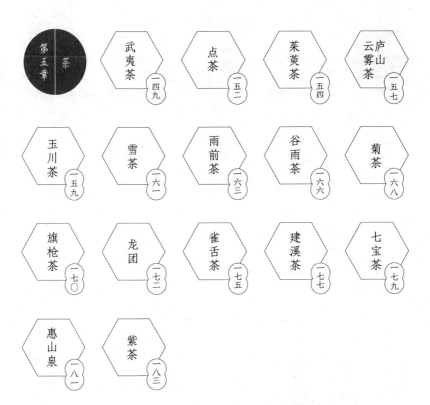

目录

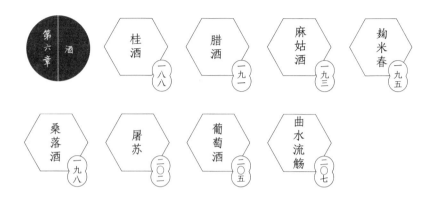

酒

第一章　瓜果

· GUA GUO

敕赐百官樱桃

〔唐〕王维

芙蓉阙下会千官，紫禁朱樱出上兰 [1]。
总是寝园春荐 [2] 后，非关御苑鸟衔残。
归鞍竞带青丝笼，中使 [3] 频倾赤玉盘。
饱食不须愁内热，大官 [4] 还有蔗浆寒。

注释

[1] 上兰：上林苑中有上兰观。
[2] 荐：祭献之意。
[3] 中使：太监。
[4] 大官：又称太官，宫中掌管百官膳食的职务。

和王维敕赐百官樱桃 [1]

〔唐〕崔兴宗

未央朝谒正逶迤，天上樱桃锡 [2] 此时。
朱实初传九华殿，繁花旧杂万年枝。
全胜晏子江南橘 [3]，莫比潘家大谷梨 [4]。
闻道令人好颜色，神农本草自应知。

注释

[1] 这首诗是作者应和王维《敕赐百官樱桃》之作。
[2] 锡：同"赐"。
[3] 晏子江南橘：这里引用晏子出使楚国的典故。《晏子春秋》："婴闻之，橘生淮南则为橘，生于淮北则为枳……水土异也。"
[4] 潘家大谷梨：晋代诗人潘岳曾咏大谷梨，因而称"潘家大谷梨"。

◎櫻桃

櫻桃又名莺桃、含桃、荆桃等。因为黄莺特别喜爱啄食这种果子，所以称其为"莺桃"，也叫"含桃"。櫻桃是一年中上市最早的一种水果，所以又号称"百果第一枝"。

櫻桃原产我国，早在《礼记·月令》中就有记载："羞以含桃。"櫻桃的外表色泽鲜艳，殷红如同玛瑙，黄色如同玉石，十分晶莹美丽。

王维《敕赐百官櫻桃》描写的是朝中官吏饱食櫻桃的情形，其中"中使频倾赤玉盘"一句尤为精妙。《艺文类聚》中载，汉明帝在月夜于照园之中宴饮群臣，太官用赤瑛做的盘子盛放櫻桃。汉明帝将櫻桃赐给群臣，在月色的照耀下，赤玉盘与櫻桃同色，盘中恍如空无一物。王维在此处借用此典故，这里"频倾"二字，将櫻桃色泽的莹润美丽描绘得淋漓尽致。而崔兴宗的和诗当中又把櫻桃与江南橘、大谷梨等美味的水果相比，极言櫻桃之美味。

櫻桃因其外形的美丽，深受历代文人墨客的喜爱。杜甫有"西蜀櫻桃也自红，野人相赠满筠笼。"（《野人送朱樱》），冯延巳有"惆怅墙东，一树櫻桃带雨红。"（《采桑子·小堂深静无人到》），苏轼有"荞麦余春雪，櫻桃落晚风。"（《访张山人得山中字二首·其二》），蒋捷有"流光容易把人抛。红了櫻桃，绿了芭蕉。"（《一剪梅·舟过吴江》），都是脍炙人口的名句。

古人还常用櫻桃比喻女子之口，孟棨《本事诗·事感》："白尚书（白居易）姬人樊素善歌，妓人小蛮善舞，尝为诗曰：'櫻桃樊素口，杨柳小蛮腰。'"这里说樊素的嘴巴小巧，唇色鲜艳，如同一枚櫻桃。成语"櫻桃小口"也用到现在。

石榴

〔唐〕李商隐

榴枝婀娜榴实繁，榴膜轻明[1]榴子鲜。
可羡瑶池碧桃[2]树，碧桃红颊一千年。

注释

[1] 榴膜：石榴果实的薄膜。轻明：轻薄透明。

[2] 碧桃：《尹喜内传》："喜从老子西游，省太真王母，共食碧桃、紫梨。"

◎石榴

　　石榴别名安石榴、金樱、丹若等，它是由外国传入我国的。李时珍《本草纲目》中记载："榴者，瘤也，丹实垂垂如赘瘤也。"并引《博物志》云："汉张骞出使西域，得涂林安石国榴种以归，故名安石榴。"

　　石榴的果实晶莹剔透，颗粒饱满，酸甜可口，石榴花开的时候颜色如火一般红艳，所以石榴一直备受人们的喜爱，历代文人留下了很多赞颂它的诗词歌赋。晋代文学家潘岳曾作《安石榴赋》："榴者，天下之奇树，九洲之名果也。华实并立，滋味亦殊……遥而望之，焕若隋珠耀重渊；详而察之，灼若列宿出云间。千房同膜，千子如一，御饥疗渴，解醒止醉……"从作者对石榴树和石榴果实的描写中，可以看出榴花之灼灼、榴实之形味。

　　古代文人还常用"榴火"来形容石榴花开时的胜景。宋代黄机《醉蓬莱》："政槐云浓翠，榴火殷红，暑风凉细。"元代曹伯启《谢朱鹤皋招饮》："满院竹风吹酒面，两株榴火发诗愁。"正因为榴花之艳丽，花瓣如绢，梁元帝《乌栖曲》中有"芙蓉为带石榴裙"之句。后来人们便用"石榴裙"来称呼绣有榴花的红裙，或者单指榴火一般艳丽的红裙。唐诗中关于"石榴裙"的诗句很多，如白居易《官宅》："移舟木兰棹，行酒石榴裙。"武则天《如意娘》："不信比来长下泪，开箱验取石榴裙。"此外，因为石榴果实中包含许多的石榴籽，所以在我国某些地方，向新婚人家赠送石榴，寓意"多子多福"，以表达美好的祝愿。

榴枝婀娜榴实繁，榴膜轻明榴子鲜。
可羡瑶池碧桃树，碧桃红颊一千年。

——〔唐〕李商隐

初夏游张园 [1]

〔宋〕戴复古

乳鸭 [2] 池塘水浅深，熟梅天气 [3] 半阴晴。
东园载酒西园醉，摘尽枇杷一树金。

注释

[1] 张园：张姓主人的园林。
[2] 乳鸭：刚孵出不久的小鸭子。
[3] 熟梅天气：梅子成熟的时节，指五六月，亦即南方的梅雨季节。

◎枇杷

枇杷，又名卢橘、金丸、腊兄等，原产于我国。早在两千多年前的周代，就已经有人工种植的枇杷树了。枇杷被列为珍异之果，种植在皇家园林中。

枇杷的外形金黄、肉质淡红，个头圆润饱满，所以有了金丸、卢橘的别名。宋代文学家宋祁《枇杷》一诗中，就将枇杷称作"金丸"："有果产西蜀，作花凌早寒。树繁碧玉簪，柯叠黄金丸。"而在苏轼《食荔枝》中提到的"卢橘杨梅次第新"，就是用"卢橘"指代枇杷。卢橘作为枇杷的别称用法十分广泛。在公元1787年，枇杷从广东传入英国，它的英文名loquat，就与"卢橘"的广东话发音非常接近。陶宗仪在《南村辍耕录》中也提到："世人多用卢橘称枇杷。"

说到枇杷，人们不免想到了一种和它同音不同字的东西——琵琶。琵琶作为一种乐器，和水果枇杷有什么关系吗？同音是巧合吗？事实上，二者确实颇有渊源。

枇杷是我国土生土长的植物，琵琶却是在汉代由波斯、阿拉伯一些国家传入我国的乐器。东汉许慎《说文解字》："琵琶本作枇杷。"由此可以知道，先有"枇杷"之名。汉代训诂学家刘熙在《释名》中解释道，琵琶是一种在马上弹奏的乐器，向前弹的动作称为"批"，向后挑动作称为"把"，人们根据它弹奏的特点将之称作"批把"。而"批把"又是木头制成的，所以也写作"枇杷"。

到了魏晋南北朝时，我国音乐文化大繁荣，乐器众多，古人为了将之与琴瑟等乐器的字形统一，于是将"枇杷""批把"统一写作"琵琶"。而这黄澄澄、金灿灿、多汁又美味的小果子，则因叶片与琵琶外形相似，从而获得"枇杷"这一美名。

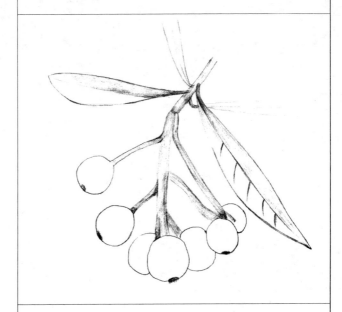

乳鸭池塘水浅深，熟梅天气半阴晴。
东园载酒西园醉，摘尽枇杷一树金。

——〔宋〕戴复古

醉归二首·其二

〔宋〕陆游

乌桕[1]阴中把酒杯，山园处处熟杨梅。
醉行躔踔[2]人争看，蹋尽斜阳蹋月来。

注释

[1] 乌桕：落叶乔木的一种。
[2] 躔踔（chěn chuō）：指人酒醉后脚步踉踉跄跄、跌跌撞撞的样子。

◎杨梅

陆游可以说是古往今来的诗人们中嗜好杨梅第一人。他流传下来的九千多首诗作中，关于杨梅的就有十六首。《项里观杨梅》："山中户户作梅忙，火齐骊珠入帝乡。"《小酌》："今年项里杨梅熟，绿李来禽不足言。"《稽山行》："项里杨梅熟，采摘日夜忙。"

杨梅的原产地在中国浙江余姚，如今在华东地区和湖南、广东、广西、贵州等省份均有分布。陆游最为推崇的项里杨梅，产地在今浙江绍兴西南二十里，相传为项羽流寓之处。

杨梅树4月开花，至6、7月果实成熟。杨梅果实呈圆球状，表面呈颗粒状凸起，颜色深红或紫红，味道甜中带着微酸，可以直接食用，是夏季消渴解暑的佳品，也可以将之榨成汁、酿成梅子酒，还可以做成果脯、蜜饯、杨梅酱等。

杨梅中常常会有杨梅虫，这让很多害怕虫子的人不敢吃杨梅。事实上，杨梅虫是果蝇的幼虫，果蝇会在杨梅凹凸不平的表面产卵，它的卵孵化之后变成幼虫，钻进杨梅果肉中以果肉为食。杨梅虫不仅没有毒性，吃下去对人体没有危害，它还是一种优质蛋白。当然，人们可以通过用高浓度盐水浸泡的方法将小虫子驱逐出来。此外，新鲜杨梅如果需要放进冰箱保存，也应该先用盐水除虫，因为虫子被冻死之后就无法清除出去了。

食荔枝二首·其二

〔宋〕苏轼

　　惠州太守东堂，祠故相陈文惠公[1]。堂下有公手植荔枝一株，郡人谓之将军树。今岁大熟，赏啖[2]之余，下逮吏卒。其高不可致者，纵猿取之。

罗浮山[3]下四时春，卢橘杨梅次第[4]新。
日啖荔枝三百颗，不辞长作岭南[5]人。

注释

[1] 陈文惠公：陈尧佐，字希元。宋仁宗时任参知政事，谥号"文惠"。
[2] 啖：吃。
[3] 罗浮山：在今广东东江北岸。晋代葛洪曾在此炼丹。
[4] 次第：按次序一个接一个。
[5] 岭南：五岭之南的地区。

◎荔枝	荔枝是一种多年生常绿乔木，树龄高寿者据说长达千年。荔枝的果皮呈鲜红色、紫红色，表面有鳞斑状的突起，摸起来不光滑。荔枝的果肉是半透明的，味道香甜可口，为人们所喜爱。荔枝主要产地在我国的西南部、南部和东南部，以广东、福建南部栽培最多。 　　明代李时珍《本草纲目》中载："荔枝炎方之果，性最畏寒，易种而根浮。其木甚耐久，有经数百年犹结实者。其实生时肉白，干时肉红。日晒火烘，卤浸蜜煎，皆可致远。" 　　荔枝在古代又被称为"离枝""离支"。司马相如《上林赋》中有"隐夫薁棣，荅遝（dá tà）离支，罗乎后宫，列乎北园"的记载。"离枝"有割去枝丫之意，因为荔枝极不易储存，摘下之后，只能保存四五天，超过这个期限，荔枝的味道就变了。白居易《荔枝图序》云："若离本枝，一日而色变，二日而香变，三日而味变，四五日外色香味尽去矣。"明代李时珍认为："则离支之名，又或取此义也。" 　　据说杨贵妃喜爱吃荔枝，所以唐玄宗就不惜耗费巨大的人力物力快马加鞭运送新鲜荔枝到长安。杜牧《过华清宫绝句三首·其一》："长安回望绣成堆，山顶千门次第开。一骑红尘妃子笑，无人知是荔枝来。"这首诗就借荔枝一事，讽刺了唐玄宗和杨贵妃的穷奢极欲。中国历代文人都爱赞美荔枝，为荔枝写诗作赋的不在少数。清代进士丘逢甲更是写了近百首咏荔枝诗，可见他对荔枝的喜爱。

清平乐·村居

〔宋〕辛弃疾

　　茅檐[1] 低小，溪上青青草。醉里吴音[2] 相媚好，白发谁家翁媪[3]？

　　大儿锄豆溪东，中儿正织鸡笼。最喜小儿亡赖[4]，溪头卧剥莲蓬。

注释

[1] 茅檐：茅屋的屋檐。
[2] 吴音：吴地的方言。相媚好：互相逗趣，取乐。
[3] 翁媪：老翁、老妇。
[4] 亡（wú）赖：顽皮，淘气，同"无赖"。

◎莲蓬

　　莲蓬的形状像一个碗，长在莲花的中心，当莲花渐渐枯萎凋落，只剩下光秃秃的花托，这个渐渐长大的花托就是莲蓬。莲蓬包括莲房、莲子和莲芯。

　　莲蓬的表面有很多个蜂窝状的孔洞，孔洞内有它的果实——莲子。莲子的中间长了一根莲芯。莲子清香、味甘涩，莲芯则味苦，所以吃莲子的时候要将莲芯取下。

　　莲房的触感有点儿像海绵，可以用来煮茶、熬汤。莲子除了可以直接吃之外，还可以煮莲子羹。此外，它还具有一定的药用价值，是一味知名的中药。莲芯晒干后泡水喝，具有清热解毒的功效。

　　中国人自古就喜爱莲花，喜爱它"出淤泥而不染，濯清涟而不妖"的个性，喜爱它"中通外直，不蔓不枝，香远益清，亭亭净植"的品貌。同时莲花也是佛教文化中的元素，莲花代表着圣洁与美好。观世音菩萨所坐的"莲台"，就是莲花的花瓣环绕在莲蓬四周的形状。

　　《红楼梦》第二十二回中，薛宝钗曾经引用邱圆《寄生草》中的唱词："漫揾英雄泪，相离处士家，谢慈悲剃度在莲台下。"

洞仙歌·西瓜

〔清〕陈维崧

嫩瓢凉瓠，正红冰凝结。绀 [1] 唾霞膏斗芳洁。傍银床、牵动百尺寒泉，缥色 [2] 映，恍助玉壶寒彻。

夜深呼碧玉，同倚阑干，月色荷香两清绝。笑问破瓜无，此夜琼浆，须怜取、寸心长热。见手揽金刀细沉吟，悄不觉红潮，早堆肌雪。

注释

[1] 绀：稍微带红的黑色。
[2] 缥色：淡青色。常用以形容酒的颜色。

◎西瓜

西瓜又名夏瓜、寒瓜、水瓜等，是夏天人们常吃的水果。它甜度高，水分足，是消暑解渴的佳品，号称夏季瓜果之王。民间有俗语称："夏日吃西瓜，药物不用抓。"

西瓜原产地可能在非洲，大概在公元前3世纪由西域传入我国，因此被称为"西瓜"。传说梁代孝子滕昙恭五岁的时候，他的母亲得了热病，想吃西瓜。然而他们家居住的地方不产西瓜，滕昙恭到处求瓜不得，急得他悲痛大哭。此时路过一位僧侣，问他痛哭的原因。滕昙恭据实以告。僧人说："我有两个西瓜，可以分一个给你母亲。"滕昙恭终于为母亲求得了西瓜，此事也成为一时佳话。

西瓜属于寒凉性的水果，所以脾虚湿寒的人不宜过多食用。李时珍《本草纲目》云："西瓜、甜瓜皆属生冷。世俗以为醍醐灌顶，甘露洒心，取其一时之快，不知其伤脾助湿之害也。"西瓜的瓜皮又名翠衣，削去外皮后将之切成丝、片、块，可炒食、烧煮、凉拌等。

千百年来，西瓜深受人们喜爱，不少文人都为它吟诗作赋。文天祥曾作《西瓜吟》："拔出金佩刀，斫破苍玉瓶。千点红樱桃，一团黄水晶。下咽顿除烟火气，入齿便作冰雪声。长安清富说邵平，争如汉朝作公卿。"将西瓜的色、形、味、功效都一一概括了。

食梨

〔宋〕朱熹

珍实浑疑露结成，香葩况是雪储精。
乍惊磊落堆盘出，旋剖轻盈照骨明。
卢橘谩劳夸夏熟，柘浆未许析朝酲。
啖余更检桐君录^[1]，快果^[2]知非浪得名。

注释

[1] 桐君录：指假托黄帝时的医师桐君之名的著作《采药录》等。
[2] 快果：朱熹自注"本草谓梨为快果。"

◎梨

梨树是一种非常古老的果树，在我国的栽培历史至少有两千多年。《诗经·召南·甘棠》："蔽芾甘棠，勿翦勿伐，召伯所茇。"其中，甘棠指的就是山野梨，也叫棠梨。梨的别名很多，有快果、玉乳、密父等。古人称梨为"百果之宗"。梨虽然处处可见，但是种类差别很大，口味各有不同。安徽的砀山酥梨、新疆的库尔勒香梨、山东莱阳梨和辽宁铁岭的鸭梨，被称为我国的四大名梨。

宋代诗人邵雍在《食梨吟》中写道："愿君莫爱金花梨，愿君须爱红消梨。金花红消两般味，一般颜色如胭脂。红消食之甘如饴，金花食之先颦眉。"生动地写出了红消梨和金花梨两个品种的截然不同的味道。

梨性甘寒，润肺生津，下行通利，因此有"快果"之别名。清代诗人黄景仁曾赋诗道："结友须快友，食果须快果。"（《谢程石缘馈梨》）快人快果，相得益彰。中国人自古以来就好感伤别离，所以对于爱好团圆的人们来说，梨是不可以分着吃的，因为梨谐音"离"，分着吃意味着"分离"。

梨的吃法多种多样，除了直接食用以外，可以用来煮汤，冰糖炖雪梨就是市面上常见的吃法。此外，还可以将梨制成梨膏，味道甜美、润肺清心。我国一些地方有吃冻梨的习惯，冻梨口感清爽，味道独特，是冬季的一道特色佳品。

国风·卫风·氓 [1]

〔先秦〕《诗经》

氓之蚩蚩 [2]，抱布贸丝。匪来贸丝，来即我谋 [3]。
送子涉淇 [4]，至于顿丘 [5]。匪我愆期 [6]，子无良媒。
将 [7] 子无怒，秋以为期。

乘彼垝垣 [8]，以望复关 [9]。不见复关，泣涕涟涟。
既见复关，载 [10] 笑载言。尔卜尔筮 [11]，体无咎言 [12]。
以尔车来，以我贿 [13] 迁。

桑之未落，其叶沃若 [14]。于嗟鸠兮 [15]，无食桑葚！
于嗟女兮，无与士耽 [16]！士之耽兮，犹可说也 [17]。
女之耽兮，不可说也！

桑之落矣，其黄而陨。自我徂尔 [18]，三岁 [19] 食贫。
淇水汤汤，渐车帷裳 [20]。女也不爽 [21]，士贰其行 [22]。
士也罔极 [23]，二三 [24] 其德。

三岁为妇，靡室劳矣 [25]。夙兴夜寐，靡有朝矣 [26]。
言既遂矣 [27]，至于暴矣。兄弟不知，咥 [28] 其笑矣。
静言思之，躬自悼矣 [29]。

及尔偕老，老使我怨。淇则有岸，隰则有泮 [30]。
总角之宴 [31]，言笑晏晏。信誓旦旦，不思其反 [32]。

反是不思，亦已焉哉！

注释

[1] 氓：民。这里指本文的男主人公。

[2] 蚩蚩：忠厚的样子。一说通"嗤嗤"，嬉笑的样子。

[3] 谋：商量婚事、姻缘。

[4] 淇：淇水，在今河南境内。

[5] 顿丘：在今河南浚县。

[6] 愆期：拖延期限。

[7] 将（qiāng）：请，愿。

[8] 乘彼垝垣：登上那倒塌的城墙。垝，毁坏，倒塌。

[9] 复关：卫国的一个地方。

[10] 载：动词词头，无实义。

[11] 尔卜尔筮：你用龟板占卜，用蓍草占卦。卜，用火烧龟板，根据裂纹判断吉凶。筮，用蓍草的茎占卦。

[12] 体无咎言：卦象没有不吉利的预兆。体，卜筮的卦象。咎，灾祸。

[13] 贿：财物，指嫁妆。

[14] 沃若：指树叶润泽的样子。

[15] 于（xū）嗟鸠兮：唉，斑鸠啊！于嗟，感叹词。

[16] 耽：沉溺。

[17] 犹可说（tuō）也：尚且可以脱身。说，同"脱"。

[18] 自我徂尔：自从我来到你家。徂，往，来。

[19] 三岁：指多年。

[20] 淇水汤汤，渐车帷裳：淇水波涛滚滚，水花打湿了车上的布幔。

[21] 爽：过错。

[22] 士贰其行：男子前后言行不一致。

[23] 罔极：没有什么标准。

[24] 二三：有时二，有时三。意思是反复无常。

[25] 三岁为妇，靡室劳矣：多年来做你的妻子，家里的忙活儿没有不干的。靡，没有。

[26] 夙兴夜寐，靡有朝矣：早起晚睡，没有一天不是这样。

[27] 言既遂矣：你的心愿已经满足了。言，助词，无实义。

[28] 咥（xì）：讥笑。

[29] 躬自悼矣：自己伤心。

[30] 淇则有岸，隰（xí）则有泮（pàn）：淇水再宽也有岸，洼地再大也有边。泮，通"畔"。

[31] 总角之宴：少年时的欢乐。总角，古代少男少女把头发扎成丫髻，叫总角。宴，欢乐。

[32] 反：违反，指违背誓言。

◎桑葚

　　桑树原产于我国，种植历史十分悠久。商代的甲骨文中就已经有"桑"字的象形文字，《诗经》中也有"维桑与梓，必恭敬止"等关于桑的诗句。后人常用"桑梓"代表故乡，蔡琰《胡笳十八拍》："生仍冀得兮归桑梓，死当埋骨兮长已矣。"桑树不仅可以结出多汁味甜的果实桑葚，它的叶子也是养蚕的主要饲料。乐府诗《陌上桑》："罗敷善蚕桑，采桑城南隅。"因养蚕缫丝多是女性，所以"采桑"也是女性的代名词。欧阳修《渔家傲·四月芳林何悄悄》中有"南陌采桑何窈窕"，唐彦谦《采桑女》中有"侵晨采桑谁家女，手挽长条泪如雨"之句。

　　桑葚，又名桑椹子、乌椹、桑实、桑果等，是桑树的成熟果实。成熟的桑葚个大、肉厚、颜色深紫，酸甜水润，风味独特。传说斑鸠吃多了桑葚会昏醉，所以《诗经·卫风·氓》中写道："于嗟鸠兮，无食桑葚。"用来劝说女子不要沉溺于爱情。桑葚味甘、性寒，有生津止渴、补肝益肾、明目安神的作用。它可以当成水果，也可以做药用，但是不宜食用过多。

赋咏枣

〔梁〕萧纲

浮华齐水丽 [1]，垂彩郑都奇 [2]。
白英纷靡靡，紫实标离离。
风摇羊角树 [3]，日映鸡心枝 [4]。
谷城踰石蜜 [5]，蓬岳表仙仪。
已闻安邑美，永茂玉门垂。

注释

[1] 浮华齐水丽：典出《晏子春秋》外篇："景公谓晏子曰：'东海之中，有水而赤，其中有枣，华而不实，何也？'晏子对曰：'昔者秦缪公乘龙舟而理天下，以黄布裹烝枣，至东海而捐其布，彼黄布故水赤，烝枣故华而不实。'"
[2] 垂彩郑都奇：出自《韩非子·外储说左上》："子产退而为政，五年国无盗贼，道不拾遗，桃枣荫于街者，莫有援也。"
[3] 羊角树：即枣树。
[4] 鸡心枝：即枣树枝。鸡心是枣的一个品种。
[5] 谷城：指谷城紫枣。石蜜：指用甘蔗炼成的糖。

古咄喈 [1] 歌

《汉乐府》

枣下何攒攒 [2]，荣华各有时。
枣欲初赤时，人从四边来。
枣适今日赐，谁当仰视之？

注释

[1] 咄喈（duō jiè）：叹息声。
[2] 攒攒：人群聚集的样子。

◎枣

在《诗经·豳风·七月》中，有"六月食郁及薁，七月亨葵及菽，八月剥枣，十月获稻"之句，可见中国人种枣、食枣的历史非常悠久。《战国策·燕策》载："北有枣栗之利，民虽不由作田，枣栗之实，足实于民。"在战国时期，枣子、栗子的果实，已经到了可以让民众果腹的程度了。

枣树的适应能力很强，平原、丘陵、山地都可以种植，北魏贾思勰《齐民要术》载："旱涝之地，不任耕稼者，历落种枣，则任矣。"鲜枣甜脆可口，晒干之后可以长期保存。还可以将枣制成蜜枣、熏枣、酒枣等蜜饯果脯，制成枣泥、枣糕等食品。枣子营养价值高，一直被视为重要的滋补品，民谚有"一日吃三枣，一辈子不显老"的说法。

枣在我国还具备一定的文化含义，直到如今，很多地区在举办婚礼时，往往将枣作为一种婚礼礼品，或有新郎新娘同食枣子的习俗。枣子谐音"早子"，寓意"早生贵子"，是对新人的美好祝愿。

南歌子·古岸开青莑 [1]

〔宋〕苏轼

古岸开青莑，新渠 [2] 走碧流。会 [3] 看光满万家楼，记取他年扶病入西州 [4]。

佳节 [5] 连梅雨，余生寄叶舟。只将菱角与鸡头 [6]，更有月明千顷一时留。

注释

[1] 莑（fèng）：菰根，即茭白根。

[2] 新渠：新开凿的水渠。

[3] 会：恰逢，恰巧。

[4] 西州：晋时称凉州为西州。

[5] 佳节：指端午节。

[6] 鸡头：一种水生植物，可食用。又称"芡实"。

◎菱角

菱角是菱的果实，又名水栗、腰菱、菱实等。菱角形似牛头，外皮呈紫红色，老熟时呈紫黑色。菱角果肉呈白色，淀粉含量很高，幼嫩时汁多肉脆，清香怡人，可当作水果生吃。老熟后可以蒸煮后剥掉外壳食用，也可以熬粥，加工成菱角粉等。

古人认为吃菱角有很好的的保健作用，《本草纲目》中言："（食用菱角能）安中，补五脏，不饥，轻身。"菱角长成于七月份，到中秋时节，菱角便生得个个饱满，是最佳的食用季节。如今在不少地区有中秋节给小孩子吃菱角的习俗，寓意着"聪明伶俐"，是对孩童的美好祝愿。

国风·卫风·木瓜

〔先秦〕《诗经》

投我以木瓜，报之以琼琚[1]。
匪[2]报也，永以为好也！

投我以木桃[3]，报之以琼瑶。
匪报也，永以为好也！

投我以木李[4]，报之以琼玖。
匪报也，永以为好也！

注释
[1] 琼琚：与下文"琼瑶""琼玖"都指美玉。
[2] 匪：同"非"，不是。
[3] 木桃：毛叶木瓜。
[4] 木李：又名木梨，即榠楂。

题木瓜图

〔宋〕范成大

沉沉黛色浓，糁糁^[1]金沙绚。
却笑宣州房，竟作红妆面。

◎木瓜

　　《诗经》中提及的木瓜，并非我们常见的原产于热带美洲的番木瓜。《诗经》中的木瓜是一种形状如同小甜瓜的果实，《尔雅》中称为"楙"，又名皱皮木瓜、木瓜实、宣木瓜等，主要产于安徽、浙江、湖北、四川一带。

　　生木瓜色泽青绿，质地较硬，可以当作蔬菜食用，熟木瓜果肉绵软，味道香甜。李时珍《本草纲目》中记述："木瓜处处有之，而宣城者为佳。"宣木瓜风味独特，还一度被奉为贡品。选择上乘的宣木瓜的方法是：一看瓜肚，瓜肚大说明木瓜的肉多肥厚；二看瓜蒂，瓜蒂中有牛奶一样的汁液流出则说明木瓜新鲜，如果瓜蒂已经干瘪枯萎，则说明瓜不新鲜。

　　此外，木瓜还可作药用。俗语说："梨百损一益，楙百益一损。"陆游《或遗木瓜有双实者香甚戏作》："宣城绣瓜有奇香，偶得并蒂置枕旁。"这是说新鲜宣木瓜的香气对疗愈头风有奇效。

竹枝歌三首·其二

〔明〕刘基

荣华^[1]未必是荣华，园里甜瓜生苦瓜。
记得水边枯楠树^[2]，也曾发叶吐鲜花。

注释

[1] 荣华：草木茂盛和开花。
[2] 楠树：一种高大的树木，树干通直，叶终年不谢，树干可作建材。

◎甜瓜

甜瓜又名香瓜、甘瓜、哈密瓜等。甜瓜气味清新香甜、汁液丰富，是备受人们喜爱的生食果品。李时珍在《本草纲目》中说："甜瓜之味，甜于诸瓜，故独得甘、甜之称。"甜瓜品种繁多，产自新疆的哈密瓜就是甜瓜的变种之一。一般认为，甜瓜的原产地在热带非洲，约在四千年前，古波斯、非洲一些地区的人们就已经人工栽培甜瓜。

甜瓜在我国的栽培历史据考证至少在三千年以上。《神农本草经》中已收录"瓜蒂"，将其列为上品药，当中所说就是甜瓜之瓜蒂。1973 年，我国的考古学者在湖南长沙马王堆的汉墓中，发现一具女尸的肠胃中有未消化的甜瓜子。这说明我国人民很早就开始食用甜瓜了。

甜瓜是盛夏的重要水果之一，味甜汁多，清热解渴。但因其味甜，含糖量高，所以也不宜多食。

梅圣俞 [1] 寄银杏

〔宋〕欧阳修

鹅毛赠千里 [2]，所重以其人。

鸭脚 [3] 虽百个，得之诚可珍。

问予 [4] 得之谁，诗老 [5] 远且贫。

霜野摘林实，京师寄时新。

封包虽甚微，采掇皆躬亲。

物贱以人贵，人贤弃而沦。

开缄 [6] 重嗟惜，诗以报殷勤。

注释

[1] 梅圣俞：梅尧臣，字圣俞，宋代文学家，欧阳修的朋友。
[2] 鹅毛赠千里：指"千里送鹅毛，礼轻情意重"之典故。
[3] 鸭脚：此处指银杏的果实。
[4] 予：我。
[5] 诗老：老于作诗者，对诗人的敬称。这里指梅尧臣。
[6] 开缄：打开封口。

依韵酬永叔[1]示予银杏

〔宋〕梅尧臣

去年我何有，鸭脚赠远人。
人将比鹅毛，贵多不贵珍。
虽少未为贵，亦以知我贫。
至交不变旧，佳果幸及新。
穷坑我易满，分饷犹奉亲。
计料失广大，琐屑且沉沦。
何用报珠玉，千里来殷勤。

注释

[1] 永叔：欧阳修，字永叔。此诗为梅尧臣回赠欧阳修所作。

◎银杏

银杏，又名白果树、公孙树、鸭脚、鸭掌、鸭脚子等。它被植物学家称为"植物界的活化石"，是现存"裸子植物"中最早的一种。其果实形似杏子而且呈白色，故名"白果""银杏"；其树叶形状如鸭掌，故名"鸭掌""鸭脚"。又因白果树生长缓慢，从栽种到结果要二十多年，四十多年后才能大量结果，有"公种树而孙得食"之说，故又名"公孙树"。

银杏树的果实被称为银杏、白果、公孙果、鸭脚等，它品味甘美，营养丰富，是果中的上品。在宋代，白果被作为贡品，身价不菲。一次，梅尧臣将家乡的银杏果送了一袋给远在京城的欧阳修，欧阳修如获至宝，欣然写下《梅圣俞寄银杏》一诗酬谢梅尧臣，而梅尧臣收到赠诗后也作《依韵酬永叔示予银杏》回赠，一时传为雅事。

白果既可以单独食用，也可以与其他食物烹饪成菜肴。民间常用白果与牛、羊、猪肉搭配，制作各种美味菜肴，还可以煮白果粥等。白果具有一定的毒性，生食不可过多，否则可能引起中毒。轻者呕吐、发热、腹泻等，重症者可能会出现抽搐、昏迷、内脏器官衰竭死亡。

素描——银杏

虽少未为贵，亦以知我贫。
至交不变旧，佳果幸及新。

————〔宋〕梅尧臣

槟榔

〔宋〕郑域

海角[1]人烟百万家，蛮风[2]未变事堪嗟。
果堆羊矢乌青榄，菜饤[3]丁香紫白茄。
杨枣实酸薄纳子，山茶无叶木棉花。
一般气味真难学，日唉槟榔当啜茶。

注释

[1] 海角：指闽南一带。
[2] 蛮风：古代称南方人为"蛮"，有"南蛮北野"的说法。
[3] 饤（dìng）：贮食，存放食品。

◎槟榔

槟榔，又名大腹子、槟榔子、青仔、洗瘴丹等，广泛栽培于热带及亚热带地区，在我国，台湾、海南、云南、福建、广西是主要种植地区。

槟榔果实当中含有浓缩单宁，咀嚼槟榔有成瘾性，吃后容易兴奋上头，如醉酒一般。过量食用槟榔会引起呕吐、昏睡、惊厥等不良反应，且槟榔当中含有对人体不好的致癌物质。

汉代司马相如的《上林赋》中有"沙棠栎槠，华枫枰栌，留落胥邪，仁频并间"之句，据后人考证，其中叫"仁频"的植物就是指槟榔。不过这可能只是汉武帝为收集奇花异树而作的移植，槟榔并不适合种植在北方。

在古人的眼里，槟榔不仅风味独特，还是馈赠的佳品。晋代学者嵇含《南方草木状》中载："出林邑，彼人以为贵，婚族客必先进；若邂逅不设，用相嫌恨。一名宾门药饯。"槟榔谐音"宾郎"，李时珍云"宾与郎皆贵客之称"，可见槟榔的受欢迎程度。

夜食炒栗有感

〔宋〕陆游

漏舍[1]待朝，朝士往往食此。

齿根浮动叹吾衰，山栗炮燔疗夜饥。
唤起少年京辇[2]梦，和宁门外早朝来。

注释

[1] 漏舍：百官晨间聚集准备朝拜的地方，又名待漏院。
[2] 京辇：指国都。

◎栗子	栗子，又名板栗、甘栗等，有"干果之王"的美称。山栗炮燔，类似我们今天的糖炒栗子。因为栗子能饱腹，所以大臣们上朝前食炒栗充饥。据司马迁《史记》记载，秦国出现饥荒时，应侯就请求以枣和栗子救济灾民。可见，人们用栗子代替主食度过饥荒的年份。宋代陶穀《清异录》载："晋王（李克用）尝穷追汴师，粮运不济，蒸栗以食，军中遂呼栗为河东饭。"事后，晋王还欣喜地称呼栗子为"得胜果"。 　　栗子是我国原产，栽培历史据推算可达三千年。在《诗经·郑风》中，就有"东门之栗，有践家室"的句子。栗子因为适应能力强，平原、丘陵、坡地都能生长，所以栽培十分广泛。 　　现如今的糖炒栗子主要是将栗子放进黑色的炒栗石中，倒入白糖或糖浆后不停翻炒而制成。炒好的栗子香甜软糯，十分可口。

席上赋得榛

〔宋〕司马光

微物^[1]生山泽，萧条荆棘邻。
何人掇^[2]秋实，此日待嘉宾。
虽无木桃赠^[3]，投此寄情亲。

注释

[1] 微物：小的东西，这里指榛子。
[2] 掇：采摘。
[3] 木桃赠：《诗经·卫风·木瓜》："投我以木桃，报之以琼瑶。匪报也，永以为好也。"

◎榛子

　　榛树在我国有着非常悠久的种植历史，据考证，从石器时代开始人们就已经开始采集榛子。考古学家在陕西半坡古人类遗址中挖掘出大量的榛子果壳，这说明人类食用榛子的历史少说也有五六千年。《周礼·笾人》载："馈食之笾，其实榛。"《诗经》中"榛"的身影也频繁出现。《曹风·鸤鸠》："鸤鸠在桑，其子在榛。"《鄘风·定之方中》："树之榛栗，椅桐梓漆，爰伐琴瑟。"《邶风·简兮》："山有榛，隰有苓。"

　　榛子，又名山板栗、棰子、尖栗等，其果实呈黄褐色，接近球形，比栗子略小，味道与栗子近似。榛子是非常畅销的名贵干果，有"坚果之王"的美誉，与核桃、杏仁、腰果并称为"世界四大干果"。榛子中油脂丰富，食用后有饱腹感，对于体弱、病后虚羸的人有一定的保健作用。

第二章　蔬菜

· SHUCAI

瓜李论·蒂苦瓜

〔元〕马钰

蒂苦瓜，香甘李，去苦就甘，自通至理。灭无明[1]，混俗和光，且闲施俗礼。

访长安，经槐里，心归物外[2]，气收补里。要无中，养就婴儿，饮天然玄醴[3]。

注释

[1] 无明：佛教用语，指不能如实知见世间实相。《心经》："无无明，亦无无明尽。"
[2] 物外：谓超越世间事物，而达于绝对之境界。
[3] 醴：甘甜的泉水。

◎苦瓜

　　苦瓜，顾名思义，是一种味道很苦的瓜。它除了味苦，外观也不甚美丽，表皮遍布不规则的瘤状疙瘩，所以也被称为"癞瓜"。

　　苦瓜虽然本身味道十分苦涩，但是在与其他食物一同烹饪时，它的苦味却不会"传染"给其他食物。也正因这种"不传己苦与他物"的品质，苦瓜得了一个"君子菜"的美名。清代学者屈大均在《广东新语·草语·苦瓜》中说道："苦瓜，一名'菩荙'，一名'君子菜'，其味甚苦，然杂他物煮之，他物弗苦，自苦而不以苦人，有君子之德焉。"

　　苦瓜原产于东印度一带，约在元代后期被引种到我国广东、福建一带。由于味苦，一开始苦瓜并不是受欢迎的食物，只有在荒年粮食不足的时候，百姓们才会拿它来充饥。明代医学家朱橚主编的《救荒本草》中，就把苦瓜列为救荒食物。

日川馈无花果答丝瓜之赠，叠前韵

〔明〕李东阳

翠笼珍果望还赊，报我真应愧木瓜[1]。
采掇恐沾秋径湿，传看不觉夜灯斜。
饱知实德[2]非虚语，脱尽浮华是大家。
异物清诗两奇绝，渴心何必建溪茶。

注释

[1] "报我"句：《诗经·卫风·木瓜》："投我以木瓜，报之以琼琚。"
[2] 实德：实在，品德。

◎丝瓜

丝瓜，又名天丝瓜、天络瓜、天吊瓜、绵瓜、布瓜、洗锅罗瓜等。李时珍《本草纲目》载："丝瓜，唐宋以前无闻，今南北皆有之，以为常蔬……嫩时去皮，可烹可曝，点茶充蔬。老则大如杵，筋络缠纽如织成，经霜乃枯，惟可藉靴履，涤釜器，故村人呼为洗锅罗瓜。内有隔，子在隔中，状如栝蒌子，黑色而扁。其花苞及嫩叶卷须，皆可食也。"

丝瓜食用的时候应该除去外皮，它可以煮、炒、蒸，也可以凉拌，还可以榨成汁。人们常食用的有丝瓜炒蛋、丝瓜汤、清炒丝瓜、凉拌丝瓜等，品类繁多，不胜枚举。丝瓜遍布中国南北，是寻常蔬菜，不仅味道清香可口，也具有食疗药疗的作用。丝瓜热量很低，能清热解毒、通经活血，还能降脂，所以适合减肥期间的人们食用，但不宜多吃。

此外，丝瓜成熟的时候里面的网状纤维——丝瓜络，可以用作洗刷锅碗瓢盆的用具，因此丝瓜又被称作"洗锅罗瓜"。陆游在《老学庵笔记》中称："徐以丝瓜磨洗，余渍皆尽而不损砚。"

素描—丝瓜

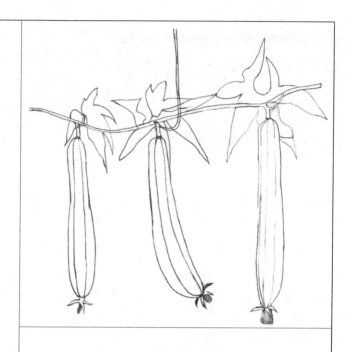

翠笼珍果望还赊，报我真应愧木瓜。
采撷恐沾秋径湿，传看不觉夜灯斜。

———〔明〕李东阳

咏荄

〔宋〕许景迂

翠叶森森剑有棱，柔条松甚比轻冰。
江湖若借秋风便，好与莼鲈伴季鹰[1]。

注释

[1] "江湖"二句：这里指张翰见秋风起，思故乡之莼羹鲈脍，因而辞官归乡的典故。季鹰，张翰的字。

舟中晓赋

〔宋〕陆游

小艇下沧浪，吴歌特地长。
斜分半舱月，满载一篷霜。
香甑 [1] 炊菰白，醇醪 [2] 点蟹黄。
宦游元为口 [3]，莫恨老江乡。

注释

[1] 甑：古代蒸食物的器具。
[2] 醇醪：味厚的美酒。
[3] 为口：苏轼《初到黄州》"自笑平生为口忙。"

◎茭白

茭白，又名茭瓜、菰白、菰瓜、茭草、菰笋等，与莼菜、鲈鱼并称为"江南三大名菜"。早在春秋时期，我国就已经栽培茭白。《周礼》记载："凡王之馈，食用六谷。""六谷"指的是稻、黍、稷、粱、麦、菰。其中"菰"指的就是茭白。

菰是一种长在水边的植物，它的种子叫作"菰米"，又称为"雕胡"。古代人们喜食雕胡饭，尤其是僧人、隐士更是将雕胡饭视为美味至宝。李白《宿五松山下荀媪家》："跪进雕胡饭，月光明素盘。"杜甫《江阁卧病走笔寄呈崔、卢两侍御》："滑忆雕胡饭，香闻锦带羹。"后来，茭草感染上了黑粉菌，不再结果实，感染后的茭草变态形成了肉质茎，形状如纺锤一般，被称作"茭白"。

茭白味美，营养丰富，被视为蔬菜中的佳品。它不仅可以生吃，还可以做成各种菜肴。尤其是与荤菜共炒，味道更佳。清代袁枚《随园食单》："茭白炒肉、炒鸡俱可。切整段，酱、醋炙之，尤佳。煨肉亦佳。须切片，以寸为度，初出太细者无味。"陆游诗中的"香甑炊菰白"类似于今天农家吃的"饭焐茭白"，风味独特。

咏茄

〔宋〕郑清之

青紫皮肤类宰官 [1]，光圆头脑作僧看。
如何缁俗 [2] 偏同嗜，入口元来 [3] 总一般。

注释

[1] 宰官：泛指官吏。
[2] 缁俗：这里指僧人和平民。缁，缁衣，指僧人穿的黑衣。
[3] 元来：原来。

◎茄子

茄子又名落苏、酪酥、昆仑瓜、矮瓜、呆菜子、草鳖甲等，原产于亚洲热带地区，印度是主要的产区。大概在东汉时期，茄子被引种到我国。刚传入时，茄子被称为"伽"，根据植物的特性，就将其写作"茄"。我国栽培茄子的历史十分悠久，品类繁多。西晋植物学家嵇含《南方草木状》中有关于茄子最早的记载。

茄子切开后放置一段时间，切口处就会氧化变黑，所以茄子应该及时烹饪食用。茄子肉质柔软，味美可口，营养价值丰富，深受人们喜爱。《齐民要术》中就记载过"艸茄子法"："用子未成者，以竹刀骨刀四破之，汤炸去腥气。细切葱白，熬油令香；香酱清，擘葱白与茄子共下，艸令熟。下椒、姜末。"书中记载的烧茄子方法，仿佛可使我们闻到烧茄子的浓浓香气。

茄子的做法多种多样，可以蒸煮，可以烧炒，可以油炸，可以凉拌，也可以做汤。像肉末茄子、豆角茄条、凉拌茄子、蒜香茄盒、茄子汤、烤茄子等，都是我们餐桌上常见的美味佳肴。

茄子是少有的紫色蔬菜，营养价值尤其丰富。特别是茄子皮，其中含有多种维生素。所以吃茄子时尽量不要去皮。常吃茄子具有延缓细胞衰老，防止动脉硬化、高血压、脑血栓的功效。

茄子好吃，而且常见，所以诗中作者写道"缁俗偏同嗜"，僧人可以吃，俗人也可以吃，之所以都嗜好吃茄子，是茄子滋味好的缘故。

服山药汤

〔明〕吴宽

吾家玉延亭 [1]，人比铁炉步 [2]。

玉延久不栽，亭名只如故。

客从怀庆 [3] 来，老守转相附。

土产细捣成，楮橐 [4] 缄且固。

严冬早寒时，沸汤满瓯注。

举匙旋调饮，何物是寒具。

空腹觉温然，卯酒 [5] 真可吐。

或复好饮茶，损耗疾终痼。

惟此能补中 [6]，医家言不误。

轻身与延年，神仙非所慕。

此药初得名，宋讳不敢呼 [7]。

更号仍加名，《本草》为笺注。

后来陈简斋，乃有《玉延赋》。

登亭须满饮，名实始相副。

苏公服胡麻，说梦几时寤。

注释

[1] 玉延亭：玉延，山药的别名。因此处曾种植山药，所以命名为"玉延亭"。
[2] 铁炉步：唐朝时永州的一个小地方。柳宗元曾作《永州铁炉步志》。
[3] 怀庆：地名，在今河南省境内，出产山药最为著名。
[4] 楮橐（zhǔ tuó）：指纸袋。
[5] 卯酒：早晨喝的酒。
[6] 补中：指补身体。
[7] 宋讳不敢呼：山药原名薯蓣，因避唐代宗李豫之讳，改名为薯药。
后又避宋英宗赵曙之讳，改名为山药。

◎山药

山药，又名薯蓣、薯药、玉延、山薯、玉柱等。李时珍在《本草纲目》中言，薯蓣先因唐代宗名豫，避讳改回薯药，后又因宋英宗讳曙，改为山药。

山药的原产地在中国，中国人很早就开始食用野生山药块茎，并渐渐人工种植栽培。河南怀庆、新乡地区的山药品种优良，所以又称"怀山药""淮山"等。

山药中淀粉含量很高，可以当做主食来吃。山药还可以做菜，可蒸可煮、可炒可拌，风味甚佳。如山药炖排骨、山药炒蛋、凉拌山药、清蒸山药等，都是如今餐桌上较为常见的菜品。山药对人体有保健功效，《神农本草经》中载："补虚羸，除寒热邪气，补中，益气力、长肌肉。"诗中的山药汤，就属于一种食疗的食品。

生山药的黏液当中含有皂苷，皮肤接触黏液后可能会引起瘙痒等过敏反应，这时应及时用醋或者盐水擦拭止痒。新鲜的山药除去外皮后，容易氧化，导致营养成分丢失，所以应及时烹饪食用。

除夕，访子野[1] 食烧芋，戏作

〔宋〕苏轼

松风溜溜作春寒，伴我饥肠响夜阑。

牛粪火中烧芋子，山人[2] 更吃懒残残[3]。

注释

[1] 子野：指张先，宋朝词人、官员。婉约派代表人物。

[2] 山人：指苏轼自己。

[3] 懒残残：此处用懒残僧的典故。懒残僧，晚唐袁郊所撰传奇小说《甘泽谣》中的人物，名明瓒，唐天宝初衡岳寺执役僧，生性懒惰，好吃残羹冷炙，故号懒残。

◎烧芋子

　　这首《除夕，访子野食烧芋，戏作》，是时任杭州通判的苏轼在除夕之夜拜访张先时写下的。全诗用通俗的口语、风趣幽默的语气，戏谑地写出了自己与友人在除夕夜饱食牛粪火烧芋子的情景。

　　芋子，就是芋头，又名芋艿、水芋、毛艿等。它营养价值高，易消化，口感细软，绵糯香甜，尤其适合老人和婴儿食用。烤熟的芋头色泽金黄，香气扑鼻，入口即化，是深受人们喜爱的食物。

　　相传唐朝中期的著名政治家李泌，当时正巧在衡岳寺中读书，他认为懒残僧不是凡人，于是在夜晚去拜访他。恰逢懒残僧正在用牛粪烤芋头，便将自己吃剩了的半个芋头给了李泌。李泌吃完芋头并向懒残僧道谢，懒残僧对李泌说："慎勿多言，领取十年宰相。"后来，李泌果然做了十年宰相。

　　而诗中提到的"牛粪火中烧芋子"，就是借用了懒残僧和李泌之事的典故。一方面是调侃友人"小气"，除夕夜竟然吃牛粪火烧芋子这样的粗食，另一方面，也是想借用传说中的寓意，希望自己仕途顺利。

颂古十七首·选一

〔宋〕释道行

枯树云充 [1] 叶，凋梅雪作花。
击桐成木响，蘸雪吃冬瓜。
长天秋水，孤鹜落霞 [2]。

注释

[1] 充：充当，当作。
[2] 长天秋水，孤鹜落霞：化用自王勃《滕王阁序》："落霞与孤鹜齐飞，秋水共长天一色。"

◎冬瓜

冬瓜起源于中国和东印度，主要分布在亚洲的热带、亚热带及温带地区。我国古代的中药学著作《神农本草经》中就已经有关于冬瓜的栽培记载。

冬瓜包括果肉、瓤和籽，具有丰富的营养元素。除了食用之外，还可以入药。冬瓜在成熟的时候，瓜皮的表面会蒙上一层粉状的东西，如同冬天的霜。因此，冬瓜又被称为"白瓜"。又因冬瓜的个头大，形状为椭圆形，像是睡觉时用的枕头，所以也被叫作"枕瓜"。

冬瓜肉质洁白、脆爽多汁，可以做成多种美味的菜肴，用冬瓜炖汤、炒肉、清炒都是饭桌上常见的菜品。此外，冬瓜还可以做成多种甜品。

很多人不知道，其实冬瓜是可以生吃的。由于冬瓜性寒，虽有消热解暑、利水、消肿的功效，但生吃并不太有益于健康。不过，在夏天的时候，可以将冬瓜配上其他水果蔬菜榨成汁喝，只是要注意不能饮用过量。

释道行禅师的诗中有"蘸雪吃冬瓜"之句。在严冬时节，蘸着冰凉的雪，吃着性寒的冬瓜，诗人的心中，必定是一番别样的境界吧。

赠卫八处士

〔唐〕杜甫

人生不相见，动如参与商 [1]。
今夕复何夕，共此灯烛光。
少壮能几时，鬓发各已苍。
访旧半为鬼，惊呼热中肠 [2]。
焉知二十载，重上君子堂。
昔别君未婚，儿女忽成行。
怡然敬父执 [3]，问我来何方。
问答乃未已，儿女罗酒浆。
夜雨剪春韭，新炊间 [4] 黄粱。
主称会面难，一举累 [5] 十觞。
十觞亦不醉，感子故意 [6] 长。
明日隔山岳，世事两茫茫！

注释

[1] 参与商：二星宿名。商星居于东方卯位，参星居于西方酉位，一出一没，永不相见。
[2] 热中肠：形容情绪激动异常。
[3] 父执：父亲的好友。
[4] 间：夹杂。
[5] 累：接连。
[6] 故意：对故交的情意。

◎韭菜

　　韭菜，又名丰本、懒人菜、长生韭、起阳草等。韭菜在我国的栽培历史可以追溯到两千多年前，《诗经·豳风·七月》："二之日凿冰冲冲，三之日纳于凌阴。四之日其蚤，献羔祭韭。"这里，韭菜被作为一种祭祀食品。

　　韭菜和白菜都是我国历史悠久、受众广大的蔬菜，《南史·周颙传》记载，文惠太子问周颙："菜食何味最胜？"周颙回答："春初早韭，秋末晚菘。"意即春天的韭菜与经霜的白菜，都是蔬菜中风味最佳的。

　　"韭"音同"久"，有九画。《说文解字》："韭，菜名。一种而久者，故谓之韭。象形，在一之上。一，地也。"这段文字说明了韭菜的生长特点，一旦种下，就会长久地生长。另外，"韭"字的字形也非常形象，像从地面上长出来的叶子。

　　韭菜生长出的叶子被剪割之后，又会长出新的叶子，一年可以剪割三四次。李时珍的《本草纲目》中载："剪而复生，久而不乏也。"正因为韭菜可以生了剪、剪了生，所以又有别名为"长生韭"。

　　初春雨后的韭菜最为肥嫩，所以诗人们常常将"春韭""雨中韭"引入诗中。陆游《小饮》："蒸我乳下豚，瀹我雨中韭。"郑燮《关东逃户几人归》："茅屋再新墙茸，园中春韭雨中肥。"

食荠十韵

〔宋〕陆游

舍东种早韭，生计似庾郎 [1]。
舍西种小果，戏学蚕丛 [2] 乡。
惟荠天所赐，青青被 [3] 陵冈。
珍美屏盐酪，耿介凌雪霜。
采撷无阙日，烹饪有秘方。
侯火地炉暖，加糁沙钵香。
尚嫌杂笋蕨，而况污膏粱。
炊粳及煮饼，得此生辉光。
吾馋实易足，扪腹喜欲狂。
一扫万钱食，终老稽山旁。

注释

[1] 庾郎：指庾杲之，南朝齐人，为人清贫，自己耕种为生。《南齐书·庾杲之传》："清贫自业，食唯有韭菹、瀹韭、生韭杂菜，或戏之曰："谁谓庾郎贫，食鲑常有二十七种。"
[2] 蚕丛：又称蚕丛氏，古代神话中的蚕神，古蜀国首位称王的人。
[3] 被：通"披"，布满、铺满。

食荠糁甚美盖蜀人所谓东坡羹也

〔宋〕陆游

荠糁芳甘妙绝伦，啜来恍若在峨岷[1]。
莼羹下豉知难敌，牛乳抨酥亦未珍。
异味颇思修净供，秘方常惜授厨人。
午窗自抚膨脝[2]腹，好住烟村莫厌贫。

注释

[1] 峨岷：峨眉山和岷山的并称。
[2] 膨脝：膨胀、胀大的样子。

◎荠菜

荠菜又名鸡心菜、鸡脚菜、护生菜等，是一种生长在山坡、田间、路旁的野菜，也偶有人工栽培。白居易的《早春》诗中"满庭田地湿，荠叶生墙根"句，就指出了荠菜的生长环境。李时珍《本草纲目》中述："荠生济济，故谓之荠。"说明荠菜的得名源于它的生长特点——随处丛生。农历三月份是荠菜生长的茂盛时期，民谚中有"阳春三月三，荠菜当灵丹"。

荠菜被称为"野菜中的珍品"，其嗅清香，其味甘。《诗经·邶风·谷风》："谁谓荼苦，其甘如荠。"《尔雅翼》："荠之为菜最甘，故称其甘如荠。"荠菜被人们广泛地采摘食用，很早就是备受人们喜爱的菜品。《楚辞·离骚》中有"故荼荠不同亩兮"之句，可见早在先秦时代，荠菜和苦菜就已经被大面积地栽培了。

荠菜的吃法多种多样，可煮可炖，可煎可炒，可腌可拌。凉拌荠菜、荠菜炒蛋、荠菜羹、荠菜豆腐汤等都是常见的餐桌美食。此外，荠菜可做馅料，荠菜馅儿的饺子、包子、馄饨、春卷等，都深受人们喜爱。

陆游在诗中烹饪的食物就是荠糁，又名东坡羹。糁是用米磨成的米粉，将荠菜去除老叶和根，清洗后切成粒状。清水烧开后将米粉放入煮成糊状，再加入荠菜搅拌均匀，调入食盐即可食用。制成后的荠糁颜色翠绿，清香宜人，口味滋润鲜香，连陆游都不禁赞叹"荠糁芳甘妙绝伦，啜来恍若在峨岷"。

送白糍^[1]与囊山^[2]老子

〔宋〕王迈

东坡^[3]以春笋，名为玉版师^[4]。

我独谓玉版，正可名白糍。

吃笋令人瘦，吃糍充人饥。

慧眼^[5]曰不然，不如饮水肥。

注释

[1] 白糍：一种糯米制成的糕点。

[2] 囊山：位于福建莆田市。

[3] 东坡：即苏轼，号东坡居士。

[4] 玉版师：笋的别名。

[5] 慧眼：佛教用语，指能照见实相的智慧。这里指囊山老子。

◎竹笋

　　"玉版"原是指古人用来刻字的玉片，苏轼用玉版来代称竹笋，可见苏轼对笋的喜爱。诗人王迈则另辟蹊径，既然你可以用"玉版"来称呼竹笋，那我就用白糍好了。笋这种东西吃了会让人消瘦，但是吃白糍会让人饱腹。然而囊山老子却说不是这样，笋和白糍都不如饮水使人饱啊。这首小诗题为《送白糍与囊山老子》，然而实际上送的却不是白糍而是笋，充满了理趣，富有诗意和禅境。

　　竹笋又叫冬笋、春笋、鞭笋。它的的产地主要在我国江南地区，古人有"居不可无竹，食不可无笋"的说法。竹笋一年四季都有，但是作为烹饪食材，以春笋、冬笋味道最佳。竹笋烹饪方法多样，无论是凉拌、煎炒还是煮汤，它的清香爽口，都备受人们喜爱。

　　古人对竹笋的喜爱由来已久，竹笋不仅是一道美食，更是一种雅食。历代文人都喜爱竹之清高卓绝，竹笋也自然成了符合文人高洁品性的食物。苏轼的《浣溪沙·细雨斜风作晓寒》咏："雪沫乳花浮午盏，蓼茸蒿笋试春盘。人间有味是清欢。"黄庭坚的《春阴》言："竹笋初生黄犊角，蕨芽初长小儿拳。试寻野菜炊春饭，便是江南二月天。"

豆腐诗

〔宋〕王老者

朝朝只与磨为亲，推转无边大法轮 [1]。
碾出一团真白玉，将归回向 [2] 未来人。

注释

[1] 法轮：佛教的一种圆轮形法器。
[2] 回向：佛教用语，指将自己所修的一切知识、功德与众生共享。

◎豆腐

豆腐产生于汉代，相传是淮南王刘安发明的。刘安是汉高祖刘邦之孙，他不问政事，一心只想求道成仙。某一日，他在安徽淮南八公山珍珠泉炼丹，然而长生不老的仙丹并未炼成，却误打误撞做出了流传千年的美味——豆腐。宋代朱熹有诗曰："种豆豆苗稀，力竭心已腐；早知淮南术，安坐获泉布。"

有关制作豆腐的最早记载出现在宋代寇宗奭的《本草衍义》中，"生大豆炒熟……又可硙为腐食之"，这是用大豆制作豆腐的最早记载。宋代苏颂的《本草图经》中也有"作腐则寒而动气，炒食则热"的记录。

豆腐有极高的营养价值和多种多样的烹调方式，可以说是素食者们的最爱。孙中山先生也盛赞豆腐道："中国素食者必食豆腐，夫豆腐者，实植物中之肉料也。此物有肉料之功，而无肉料之毒。"以豆腐作为原料的菜品有麻婆豆腐、小葱拌豆腐、砂锅豆腐、鲫鱼豆腐汤等，都是家常好菜。同时豆腐还可以制成豆腐脑、豆腐乳、豆腐干、豆腐果、油豆腐、臭豆腐，无一不受广大人民的喜爱。五代时，人们把豆腐称为"小宰羊"，认为它的营养价值与羊肉相当。清代袁枚曾说："豆腐得味远胜燕窝。"

中国有句俗语："青菜豆腐保平安。"豆腐不仅是一道美食，它还寄托了人们的美好祝福。"豆腐"谐音"都福"，逢年过节的餐桌上，必然少不了它的身影。

国风·唐风·椒聊

〔先秦〕《诗经》

椒聊^[1]之实，蕃衍盈升^[2]。
彼其之子，硕大无朋^[3]。
椒聊且^[4]，远条^[5]且。

椒聊之实，蕃衍盈匊^[6]。
彼其之子，硕大且笃^[7]。
椒聊且，远条且。

注释

[1] 聊：语助词。一说是果实成串。
[2] 升：量器名。
[3] 无朋：无比。
[4] 且（jū）：语气词。
[5] 远条：指椒树的长枝条。
[6] 匊：通"掬"，双手合捧。
[7] 笃：诚实笃厚。

◎椒

椒，指花椒，别名秦椒、蜀椒、巴椒等，原产于我国。屈原《离骚》："杂申椒与菌桂兮，岂惟纫夫蕙茝。"其中的申椒就是指花椒，它与菌桂都是香料。花椒树结果多，一串一串，所以古代人用其来比喻子孙兴旺，也表达对妇女多子的赞颂。

花椒的味道又辛又麻，故而人们用它来给食品调味，尤其是川菜，更少不了花椒的调剂。诸如麻婆豆腐、水煮鱼、辣子鸡等名菜，都少不了花椒的点缀。川渝地区的特色美食——火锅，它的汤底调料就绝对不能少了花椒。花椒与食盐搭配，制成佐料椒盐，烹调出椒盐排骨、椒盐大虾等菜品，令人食指大动。中国人熟知的调味料"十三香"，就是由花椒、肉桂、丁香、八角等多种调味料混制而成。

西汉时期，皇后所居的宫殿，即未央宫，因用椒泥涂抹墙壁，取其温暖、芳香、多子之义，又被称为"椒房殿"。后来，人们便用椒房泛指后妃的居所。白居易《长恨歌》："梨园弟子白发新，椒房阿监青娥老。"

对食

〔宋〕陆游

人苦不知足，贪欲浩无穷。
豹胎日餍饫[1]，萍齑却时供。
饮豚以人乳，万乘亦改容。
方其未遇时，鹅炙[2]动英雄。
哀哉王相国，计堕饭后钟。
所以贤达士，一视约与丰。
我亦蹭蹬[3]者，羁游半生中。
木盘饱藜苋，美与玉食同。
口腹嗟几何？曾是役我躬。
放箸一笑粲，赋诗晓愚公。

注释

[1] 餍饫（yàn yù）：也作"厌饫"，指感到饱足。
[2] 鹅炙：烧鹅，烤鹅。
[3] 蹭蹬：路途艰阻难行。

◎藜苋

　　藜苋是指藜菜和苋菜两种蔬菜。这两种菜都是日常常见的物种，所以人们常用它们来指代贫穷人家所食的粗劣菜蔬。《幼学琼林》云："贫士之肠习藜苋，富人之口餍膏粱。"清代唐孙华《蔬食》诗云："生平藜苋肠，雅不饕肉食。"

　　藜是一种一年生草本植物，又名灰菜。茎直立，叶子呈不规则菱形，边缘齿状，嫩叶可以食用。全草都可以入药。藜生长在田间、路边、荒地上，随处可见，常常被视为杂草。

　　苋即苋菜，又名青香苋、红苋菜、米苋、红菜等，一年生草本植物，茎细长，叶片呈椭圆形，茎叶都可食用。苋菜的品种较多，有赤苋、白苋、人苋、紫苋、五色苋和马苋等。苋菜可炒食，可煮粥。苋菜的营养价值高，民谚有"六月苋，当鸡蛋；七月苋，金不换"的说法。

菜圃

〔宋〕杨万里

此圃何其窄，于侬^[1]已自华。
看人浇白菜，分水及黄花。
霜熟天殊暖，风微旆^[2]亦斜。
笑摩^[3]挑竹杖，何日挂还家？

注释

[1] 侬：人称代词，这里指"我"。
[2] 旆（pèi）：指旗子。
[3] 摩：抚摩。

◎白菜

　　白菜在我国有着悠久的种植历史，1954年，考古工作者在距今约六千年的中原新石器时代文化遗址里，发现了瓮藏的已经碳化的白菜种子。白菜品种繁多，李时珍《本草纲目》中有关于白菜分类的记述："一种茎圆浓微青，一种茎扁薄而白。其叶皆淡青白色……"其实，现在很多地区，青菜、白菜的叫法混用，通常我们说的"白菜"是"普通白菜"的简称，在江南地区也将白菜称为青菜。

　　白菜古称"菘"，这是由白菜的特性而得名的。白菜外形青白分明，耐寒性强，如同松柏一样四时常翠。宋代陆佃《埤雅》中解释说："菘性隆冬不凋，四时长见，有松之操。"李时珍《本草纲目》中也说："菘即今人呼为白菜者。"

　　白菜虽然一年四季都有，但是经霜后的白菜味道更佳，又被称为"晚菘"。陆游《蔬园杂咏·菘》："雨送寒声满背蓬，如今真是荷锄翁。可怜遇事常迟钝，九月区区种晚菘。"《南史·周颙传》记载，文惠太子问周颙："菜食何味最胜？"周颙回答："春初早韭，秋末晚菘。"

　　白菜味道清爽可口，营养丰富，吃法多种多样，水煮、清炒、凉拌、烧、煨、煎炸，无一不可。此外，白菜还可以制成泡菜、酸菜、酱菜等。明朝时，白菜被引种到了朝鲜，成为当地人最喜爱的菜品之一，还成了他们加工泡菜的主要原材料。

柳梢青·三山归途，代白鸥见嘲

〔宋〕辛弃疾

白鸟相迎，相怜相笑，满面尘埃。华发苍颜，去时曾劝，闻早归来。

而今岂是高怀，为千里莼羹计哉！好把《移文》[1]，从今日日，读取千回。

注释

[1]《移文》：指孔稚珪《北山移文》。该文主要讽刺那些惺惺作态的假隐士，表现出不与统治者同流合污的思想。

◎莼菜

莼羹，即莼菜做的羹。莼菜，又名水葵、浮菜、丝莼、马蹄草、水莲叶等。莼菜的叶片椭圆，形状类似马蹄，有长长的嫩茎，如同细丝。莼菜生长在池塘、湖泊和沼泽中，尤以西湖、太湖等地出产的最为著名。

莼菜自古以来就是备受人们喜爱的一种食物，它与茭白、鲈鱼并称为"江南三大名菜"。北魏贾思勰《齐民要术》载："莼羹之菜，莼为第一。"在《诗经·泮水》中，有"思乐泮水，薄采其茆"之句。其中的"茆"就是指莼菜。

莼菜口感润滑，与其他食材搭配时风味独特，可炒食，也可作羹，如鲈鱼莼菜羹、鲫鱼莼菜羹等。

西晋吴郡人张翰在洛阳当官时，一日见秋风起，忽然思念起故乡的菰菜、莼羹和鲈鱼脍，于是萌生隐退之意，故而辞官归乡。这便是成语"莼鲈之思"的由来。辛弃疾的《沁园春·带湖新居将成》言："意倦须还，身闲贵早，岂为莼羹鲈脍哉？"其中的"莼羹鲈脍"就用了张翰这个典故。

浣溪沙·徐门石潭谢雨 [1] 道上作

〔宋〕苏轼

　　簌簌衣巾落枣花，村南村北响缫车 [2]，牛衣 [3] 古柳卖黄瓜。
酒困路长惟欲睡，日高人渴漫思茶，敲门试问野人 [4] 家。

注释

[1] 谢雨：雨后谢神。
[2] 缫车：缫丝所用的器具，纺车。
[3] 牛衣：蓑衣。
[4] 野人：农人，农夫。

◎黄瓜

　　黄瓜，义名王瓜、胡瓜、糖瓜、吊瓜等，原产于印度，相传是西汉时张骞出使西域时引进的，因此名"胡瓜"。李时珍曰："张骞使西域得种，故名胡瓜。"之所以改称"黄瓜"，比较通俗的说法是，隋大业四年，中国北方羯族人石勒自称赵王，他对人们将羯族称为"羯胡"非常不满，所以下令在任何地方都不得使用"胡"字，所以胡瓜也就改名成了黄瓜。

　　黄瓜清香爽口，可生吃，可熟食，不仅味道好，还具有清热、解渴、排毒的功效。无论是王孙贵族，还是平民百姓，都对黄瓜十分喜爱。清代乾隆皇帝作《黄瓜》诗曰："菜盘佳品最燕京，二月尝新岂定评。压架缀篱偏有致，田家风景绘真情。"

杏花天·咏汤

〔宋〕吴文英

　　蛮姜豆蔻相思味。算却在、春风舌底。江清爱与消残醉[1]。憔悴文园[2]病起。

　　停嘶骑、歌眉送意。记晓色、东城梦里。紫檀[3]晕浅香波细。肠断垂杨小市。

注释

[1]"江清"句：杜甫《军中醉饮寄沈八刘叟》："酒渴爱江清，余甘漱晚汀。"

[2] 憔悴文园：诗人自指。文园本为汉文帝陵墓，司马相如曾任陵园令，故用文园代指司马相如。司马相如有消渴症，故称憔悴文园。

[3] 檀：指檀口，形容红润的嘴唇。

◎姜

姜用于烹调食物可追溯到三千多年前。早在《论语·乡党》篇中，就有孔子"不撤姜食，不多食"的记载。孔子每餐必有姜，但也不多吃。

姜气味辛辣，不仅是重要的食材，同时也具有极其重要的药用价值。李时珍《本草纲目》中说："姜，辛而不荤，去邪辟恶，生啖熟食，醋、酱、糟、盐、蜜煎调和，无不宜之。可蔬可和，可果可药，其利博矣。"民间俗语有"冬吃萝卜夏吃姜，不劳医生开药方"之说。

姜，繁体字写作"薑"，《说文解字》中，注"薑"为"薑"，解释其为"御湿之菜也"，意为姜能抵御邪湿。北宋王安石《字说》一文中说："姜能疆御百邪，故谓之姜。"可见姜字的含义中，有"疆御"之义。

姜深受人们的喜爱，我国古代的文人们一直对姜极尽赞美。柳宗元《重赠二首·其二》："世上悠悠不识真，姜芽尽是捧心人。"将姜比作捧心的西施的指尖。《宋史·晏敦复传》中，晏敦复言："况吾姜桂之性，到老愈辣。"姜与桂都是气味辛辣之物，古人常用"姜桂之性"来比喻老年人性格刚强，坚定不移。明末清初的思想家王夫之更是十分爱姜，他的书斋就取名为"姜斋"，还自称为"卖姜翁"。

第三章　主食糕点

· ZHUSHI GAODIAN ●●

元宵煮浮圆子前辈似未曾赋此坐间成四韵

〔宋〕周必大

今夕是何夕，团圆事事同。
汤官[1]寻旧味，灶婢[2]诧新功。
星灿乌云里，珠浮浊水中。
岁时编杂咏，附此说家风。

注释

[1] 汤官：指叫花子。叫花子手捧汤钵沿街乞讨，故名。
[2] 灶婢：烧火煮饭的丫鬟。

◎浮圆子

浮圆子，又名浮元子、圆子、汤元、汤团等，即汤圆。每年的农历正月十五是元宵节，又称为上元节、灯节、元夕、小正月。这一天是一年之中的第一个月圆之夜，人们会在这一天举行看花灯、猜灯谜、吃汤圆等一系列民俗活动。上元节吃圆子，寓意团团圆圆。

汤圆是用糯米粉做成球状，中间可包入芝麻、果仁等馅料，加水煮熟食用。因常在元宵节这天食用，所以也称作"元宵"。汤圆（元宵）是元宵节的应节食物，清代富察敦崇《燕京岁时记·灯节》中载："市卖食物，干鲜俱备，而以元宵为大宗，亦所以点缀节景耳。"汤圆美味可口，深受人们喜爱，渐渐发展为平常都可吃的点心，不再为元宵节所专有。

现在常有人争论汤圆与元宵到底是同一种东西的不同叫法还是两种完全不同的食物。笔者认为，汤圆与元宵是同一种食物，只不过因地域不同，做法略有不同。元宵是用固体的馅儿切成小块，蘸上水，在放满生糯米粉的筛子上不停地摇晃，边摇边加水，渐渐裹成圆球。这一过程被称作"滚元宵"。南方多称汤圆，北方多称元宵，一些地区汤圆、元宵混着说。至于根据包法不同、馅料不同、储存方法不同而将汤圆与元宵强行区分成两种完全不同食物的说法，并不科学。

素描——浮圆子

星灿乌云里，珠浮浊水中。

岁时编杂咏，附此说家风。

——〔宋〕周必大

野兴

〔宋〕陆游

残水涓涓入野塘，菊花犹放数枝黄。
闷思野步便晴日，病怯冬温喜薄霜。
汤饼煮成新兔美，脍盦[1] 捣罢绿橙香。
人间富贵知何得？商略[2] 山林却味长。

注释

[1] 脍盦：鱼、肉切成的细片和菜蔬杂捣。
[2] 商略：商量、商讨。

题庵壁二首·其二

〔宋〕陆游

身似蜗牛粗有庐，却缘无用得安居。
地炉封火欺寒雨，纸阁油窗见细书。
荞熟山僧分馎饦，船来溪友饷薪樗[1]。
闭门莫笑衰颓甚，读易论诗[2]亦未疏。

注释

[1] 薪樗：砍臭椿作柴火。
[2] 易：《周易》。诗：《诗经》。

◎汤饼

汤饼，又名馎饦、不托，是面条的一种，类似于今天的面片。北魏贾思勰《齐民要术》："馎饦，挼如大指许，二寸一断，着水盆中浸，宜以手向盆旁挼使极薄，皆急火逐沸熟煮。非直光白可爱，亦自滑美殊常。"早在汉代扬雄《方言》中，就有"饼谓之饦"的说法。古代学者认为其中的"饦"就是指馎饦。欧阳修《归田录》："汤饼，唐人谓之不托，今俗谓之馎饦矣。"

有这么一种看法：最初古代人制作面片的时候，需要将面团托在手上，用另一只手撕面成片，下入锅中。这种制作方法，非常类似我们今天的刀削面。后来有了刀机，就不用托在手上撕，故名"不托"。程大昌《演繁录》："汤饼者皆手持而擘置汤中……不知何世改用刀儿，而名不托耳。""不托，言不以掌托也。"

《北史》记载，北齐文宣帝高洋得子，效法民间设宴用汤饼来招待亲友，称为"汤饼宴"。从此，生日时吃长寿面的习俗就流传下来。

如今，汤饼、馎饦的叫法已经渐渐消失，但陕西的眉县青化还保留着"饦饦面"的叫法，也简称为"饦饦"。

随着时代的发展，面条的种类也越来越多。据宋末吴自牧《梦粱录》载，南宋临安市场上的面条种类就已经有三四十种之多。如今面条已经是平常百姓家的主要饮食，全国各地都有特色的面食，比如北京炸酱面、山西刀削面、兰州拉面、四川担担面、重庆小面、河南烩面、太和板面等。

立春

〔唐〕杜甫

春日春盘细生菜 [1]，忽忆两京 [2] 梅发时。
盘出高门 [3] 行白玉，菜传纤手送青丝 [4]。
巫峡寒江那对眼？杜陵远客 [5] 不胜悲。
此身未知归定处，呼儿觅纸一题诗。

注释

[1] 生菜：指生的蔬菜。
[2] 两京：指长安和洛阳。
[3] 高门：指富贵之家。
[4] 青丝：指韭菜。
[5] 杜陵远客：指诗人自己。杜甫曾居长安杜陵，常自称杜陵布衣、少陵野老。

◎春饼

春饼，又称荷叶饼、薄饼等。在古代，很早就有吃春饼"咬春"的食俗。《月令广义·卷五》："唐人立春日，食春饼生菜，号'春盘'。"将春饼与卷春饼的食材放在盘中一起端出，招待亲友，这就是春盘。

春饼是面粉烙制的薄饼，烙的时候两张一对，吃的时候在饼中卷上各式小菜。春盘中的生菜并不是固定的，魏晋时期流行"五辛盘"，在盘中放上五种味道辛辣的菜蔬。到了宋代，春盘里的菜蔬变得丰富，萝卜、菠菜、韭菜、蒌蒿、红蓼、胡荽、蕨芽、藕、冬笋、莴苣等，都可以卷在饼中。宋代陈元靓《岁时广记》中载："立春前一日，大内出春饼，并酒以赐近臣。盘中生菜染萝卜为之装饰，置奁中。"当然，宫廷皇家所食的春饼和平民百姓不同，春盘中会盛有贵重的食材，配上金鸡、玉燕等饰物，还有染色的萝卜丝，使之极具观赏价值。而现代春饼的吃法更为多元化，食材也更加丰盛。

在南方，立春时吃炸春卷，将韭菜、豆芽、笋丝等食材包在春卷皮内，下锅炸成金黄色，吃起来外皮焦脆，内料可口。当然，春饼、春卷都不局限于应节食用，现在已经是每天可见、想吃就吃的点心了。

约吴远游与姜君弼吃蕈馒头

〔宋〕苏轼

天下风流笋饼馇[1]，人间济楚蕈馒头[2]。
事须莫与谬汉[3]吃，送与麻田吴远游。

注释

[1] 笋饼馇：以竹笋为馅料的饼馇。馇，一种薄饼。
[2] 济楚：美好。蕈（xùn）馒头：以蕈为馅的馒头。蕈，真菌的一种。
[3] 谬汉：笨汉。

◎馒头

　　馒头是人们日常生活中最常见的食物之一。尤其是我国北方的居民，一日三餐都离不开馒头。而馒头在我国的历史也是十分悠久。

　　有关馒头的最早记载在《雅州府志》中，相传诸葛亮领军行至泸水时，遇有异象发生。泸水之上瘴气弥漫，过河的士兵中有不少人触水即死。军队行进困难，当地官员于是想用活人来祭奠河神，祈求平安。诸葛亮不愿意用这种残忍的方法，于是他想到了一个办法，宰杀牛马剁成肉馅，用揉好的面团包裹起来，做成人头的形状。蒸好之后投入水中。不多时，泸水上雾气散去，异象消失，军队才得以安然渡河。

　　馒头一开始被称为"蛮头"，这是由于在古代，南方人被称为"蛮"，古有"南蛮北野"之说，所以将像人头的面食称为"蛮头"。馒头成为一种通俗的食品之后，它的外观也有所改变，不再是令人生畏的人头形状。因其中有馅，所以又称作"包子"。到唐宋后，渐渐有无馅的馒头。后来随着时代的变迁，各地的习俗不同，又有"瞒头""玉柱""灌浆""馒头"等叫法。而"馒头"这一名称也渐渐固定下来。

　　时至今日，馒头的叫法在不同地方还有差别。在北方，人们习惯叫"馍馍""大馍""窝头"，并且在北方，有馅料的称为"包子"，没馅的称为"馒头"。而在南方，不管有没有馅料，都叫作"馒头"。江浙地区又称"白馒头""实心馒头"等，浙江温州一带也叫作"实心包"。

　　馒头制作简单，味道香软可口，易消化，且营养价值高，是男女老幼都很喜爱的食物。现代人制作的馒头种

◎馒头	类也是五花八门：形状上，有圆形的、方形的，还有做成各种特色形状的；原材料上，有米面的、麦面的、五谷杂粮的等；口味上，有红糖的、奶香的、大枣的、南瓜的，不一而足。

初夏

〔宋〕陆游

白白糍筒美，青青米果[1]新。
衰迟重时节，薄少遍乡邻。
梅市花成幄[2]，兰亭草作茵。
极知欢意尽，强起伴游人。

注释

[1] 米果：吴中称粔籹为米果。以蜜和面，搓成条状，油炸而成，即今之馓子。又称寒具、膏环。

[2] 幄：帐幕。

◎糍筒

陆游在诗后自注道："蜀人名粽为糍筒。"现代人有在端午节前后吃粽子的习俗，传说这是为了纪念爱国诗人屈原。《神鬼录》中言："屈原五月五日投汨罗水，楚人哀之。至此日，以竹筒子贮米，投水以祭之。"此外还有祭伍子胥说、祭曹娥说、祭介子推说等，不过纪念屈原的说法流传最广，也最被广大人民群众所接受。

粽子俗称粽粑，又名裹蒸、包米、白玉团、不落荚、角黍等，早在春秋时代就已经出现，最初用来祭祀祖先和神灵，后来逐渐成为端午节的应节食物。五代王仁裕《开元天宝遗事》载："宫中每到端午节，造粉团角黍，贮于金盘中。"

各地包粽子的形状也有不同，有锥形的、秤锤形的、枕头形的等。包粽子需要用浸泡过的粽叶，将经过浸泡的糯米包上并捆扎好，之后放入锅中煮熟。除了粽叶以外，还可以用箬叶、菱叶、芦叶、竹叶等叶片较大且带有清新香气的叶子，而上文提到的"以竹筒子贮米"，用的是一截竹筒，也就是我们现在俗称的竹筒粽子，简称筒粽。除了纯白的糯米以外，还可以在粽子里加上红枣、豆沙、绿豆、百果、鲜肉、蛋黄、虾仁等食材。

明清时期，粽子的品种已经多达几十种。清代食书《调鼎集》中就已经记录了包括竹叶粽、豆沙粽、莲子粽、松仁粽、火腿粽等多种粽子的制作方法。

腊八粥

〔清〕李福

腊月八日粥，传自梵王国 [1]。

七宝 [2] 美调和，五味 [3] 香糁入。

用以供伊蒲 [4]，借之作功德。

僧尼多好事，踵事增华 [5] 饰。

此风未汰除 [6]，歉岁 [7] 尚沿袭。

今晨或馈遗，啜之不能食。

吾家住城南，饥民两寺 [8] 集。

男女叫号喧，老少街衢塞。

失足命须臾，当风肤迸裂。

怯者蒙面走，一路吞声泣。

问尔泣何为，答言我无得。

此景亲见之，令我心凄恻。

注释

[1] 梵王国：指印度，佛教的发源地。
[2] 七宝：腊八粥又名"七宝粥"，指在粥中加入七种食材。
[3] 五味：腊八粥中有五种味道，又称"七宝五味粥"。
[4] 伊蒲：伊蒲馔，素食、斋供。
[5] 踵事增华：继续前人的事业，并使其更加完善美好。出自《文选序》。
[6] 汰除：淘汰，革除。
[7] 歉岁：荒年。
[8] 两寺：作者自注："时开元、瑞光两寺，官设粥厂，救济贫民。"

荒政 [9] 十有二，蠲赈 [10] 最下策。

悭囊 [11] 未易破，胥吏 [12] 弊何极?

所以经费艰，安能按户给?

吾佛好施舍，君子贵周急。

愿言借粟多，苍生免菜色 [13]。

此志虚莫偿，嗟叹复何益?

安得布地金 [14]，凭仗大慈 [15] 力。

眷焉对是粥，跂望蒸民 [16] 粒。

[9] 荒政：赈济饥荒的政令和措施。
[10] 蠲赈：免除租税，救济贫民。亦作"蠲振"。
[11] 悭（qiān）囊：古代的一种盛钱的器具，即扑满。
[12] 胥吏：官府中的小吏。
[13] 菜色：饥民营养不良的脸色。
[14] 布地金：《弥陀经》载，极乐国土有七宝莲池，池底以金沙布地。
[15] 大慈：佛教用语，指佛菩萨对一切众生广大的慈善心。
[16] 跂望：举踵翘望。蒸民：黎民、百姓。

◎腊八粥

农历十二月，又称腊月。《说文解字》注："腊，合也，合祭诸神者。"可见腊是古代人祭祀百神及祖先的一种活动。因腊祭多在农历十二月进行，从周代开始，便把农历十二月叫作腊月。

到了汉代，把冬至后的第三个戌日定为"腊日"，又叫作"腊八"。最初腊八与佛教并无直接关系，后来佛教文化盛行，腊八的习俗便与佛教文化融合。于是在这一天，人们有了做腊八粥、吃腊八粥的习俗。

关于腊八节喝腊八粥的习俗来历众说纷纭，流传较广的说法是起源于佛教。十二月初八是佛祖释迦牟尼的成道日，人们为了纪念佛祖在这一天悟道成佛，便以吃粥的方式纪念。宋代孟元老《东京梦华录》载："初八日，街巷中有僧尼三五人，作队念佛……诸大寺作浴佛会，并送七宝五味粥与门徒。"每逢腊八节，多数庙宇都会向善男信女施粥，纪念释迦摩尼的苦行。宋代吴自牧《梦粱录》载："此月八日，寺院谓之'腊八'，大刹等寺，俱设五味粥，名曰腊八粥。"在腊八这一天，寺院的僧人们将收集来的米、粟、枣、果仁等材料煮成粥分发给善信。

腊八粥，又名"七宝五味粥""佛粥""大家饭"等。宋代周密创作的杂史《武林旧事》中提到腊八粥的原料为胡桃、松子、乳蕈、柿、粟、栗、豆。腊八粥一般都是甜味的，用八种当季收获的粮食和瓜果煮成。也有一些地区吃咸腊八粥，除大米、小米、绿豆、豇豆、小豆、花生、大枣等原料外，还要加肉丝、萝卜、白菜、粉条、海带、豆腐等。

◎腊八粥	我国民间各地的腊八粥品种繁多，争奇竞巧。放在粥中的食材也不限于七种。红枣、莲子、核桃、杏仁、桂圆、白果、花生、菱角、栗子、松仁等，都可以作为腊八粥的食材一起熬煮。腊八粥煮好之后，要先敬神祭祖，再送给亲朋好友，表达自己的祝福，之后全家人一起吃粥。丰富的食材蕴含着丰富的营养，腊八粥不仅仅是节令的美食，也是养生佳品。

食粥绝句赠卢震夫

〔宋〕陈藻

古瓷大椀[1]今无有，特地凶年[2]洗出来。
满著十分牛乳粥，客思噢尽鬼神猜。

注释

[1] 椀：同"碗"。
[2] 凶年：灾荒之年。

◎牛乳粥

　　牛乳粥是用米和牛乳一起煮成的粥，又称为酪粥。曹庭栋在其《养生随笔》中转引《千金翼方》说："白石英、黑豆饲牛，取乳作粥，令人肥健。"还转引《本草拾遗》说："水牛胜黄牛。"

　　牛乳即牛奶，是牛科动物中的母黄牛、母水牛乳腺所分泌的乳汁，有补虚损、润五脏之功效，适合老年人食用。到宋朝时，喝牛奶、吃奶制品已经不再是北方游牧民族专有的饮食方式了，人们已经广泛地食用各种乳制品。黄庭坚《谢景叔惠冬笋雍酥水梨三物》："秦牛肥腻酥胜雪，汉苑甘泉梨得霜。"陆游《戏咏山家食品》："牛乳挏酥瀹茗芽，蜂房分蜜渍棕花。"

　　牛乳粥的做法也非常简单，取牛乳500克，粳米200克，将粳米淘洗干净后放入锅中加水烧开煮粥，煮熟后再加入牛乳，煮开后即可。还可以在牛乳粥中加入蜂蜜调味，养胃又甜香。牛乳粥具有润燥滋阴，养心血、解热毒、补虚弱的功效。

　　宋代苏辙在《游鼓山一首》中言："乞浆满瓯牛乳粥，纵酒下箸驼蹄羹。"

对食戏作六首·其三

〔宋〕陆游

春前腊后[1]物华催，时伴儿曹[2]把酒杯。
蒸饼犹能十字裂[3]，馄饨那得五般[4]来。

注释

[1] 春前腊后：指腊月之后到春节之前的这段时间。
[2] 儿曹：儿辈，孩子们。
[3] 十字裂：十字形裂纹，指面食蒸得好。《晋书》载，晋代人生活奢侈，蒸饼上不裂作十字不吃。
[4] 五般：可能是指五色馄饨。也有说"般"作"盘"解。

馄饨

〔宋〕释道济

外象能包，中存善受 [1]。
擀出顽皮，捏成妙手。
我为生财，他贪适口。
砧几 [2] 上难免碎身，汤镬 [3] 中曾翻斤斗。
舍身只可救饥，没骨不堪下酒。
把得定，横吞竖吞；把不定，东走西走。
记得山僧嚼破时，他年满地一时吼。

注释

[1] 善受：佛教用语，指很好地把握了、接受了。
[2] 砧几：砧板。
[3] 汤镬：汤锅。

◎馄饨

馄饨是一种面食小吃，广东地区叫云吞，四川地区叫抄手，北方地区多叫馄饨，福建地区有一种用鲜肉打制成薄皮的，称作扁食。也有地方将馄饨称为水饺。大的馄饨皮薄肉厚，形似元宝，又被称作"元宝馄饨"。

《广雅》云："馄饨，饼也。"扬雄《方言》："饼谓之饨。"馄饨是汤饼的一种，区别在于馄饨中包有馅料。之所以将这种面食命名为"馄饨"，《燕京岁时记》中说："夫馄饨之形有如鸡卵，颇似天地混沌之象，故于冬至日食之。""馄饨"与"混沌"谐音，吃馄饨有"打破混沌，开天辟地"的寓意。也有人认为吃馄饨与西施有关。据说西施到了吴国后，吴王夫差整日不理朝政，沉迷酒色。冬至日，西施做了一种新式点心，献给夫差。夫差尝了，胃口大开，一口气吃了一大碗，并连忙问这是什么点心。西施想到夫差整日浑浑噩噩，无道昏庸，于是随口说"馄饨"。此后，冬至日吃馄饨的习俗渐渐传开。

不同地区馄饨的做法大同小异，都是用一块薄薄的面皮裹上馅料制成。大馄饨个头类似饺子，馅料十足。小馄饨则用筷子稍微蘸点馅料，用手一裹就成。猪肉、虾肉、蔬菜、葱姜是常用的馅料。馄饨可以煮着吃，用清汤、鸡汤等都可，四川地区的红油抄手则是用芝麻、红油做成汤汁，香辣扑鼻。此外，馄饨也可以蒸着吃、炸着吃。

现代人吃馄饨不拘于时令，早中晚都可以吃。在粤港一些地区，还流行将馄饨和面放在一起吃，叫作"云吞面"。云吞面的做法有讲究，面条得用竹竿子打的竹

◎馄饨	升面，云吞要用三分肥七分瘦的的猪肉，还要用鸡蛋黄浆住肉味。汤要用大地鱼和猪筒骨熬成的浓汤。不过现在很多地方面馆也会做馄饨面，就是馄饨、面条各一半，没有什么讲究。

槐叶冷淘

〔唐〕杜甫

青青高槐叶，采掇付中厨 [1]。

新面来近市 [2]，汁滓 [3] 宛相俱。

入鼎资过熟，加餐 [4] 愁欲无。

碧鲜 [5] 俱照箸，香饭兼苞芦 [6]。

经齿冷于雪，劝人投比珠。

愿随金騕褭 [7]，走置锦屠苏 [8]。

路远思恐泥，兴深终不渝。

献芹 [9] 则小小，荐藻 [10] 明区区。

万里露寒殿，开冰清玉壶 [11]。

君王纳凉晚，此味亦时须。

注释

[1] 中厨：曹植《箜篌引》："中厨办丰膳，烹羊宰肥牛。"
[2] 近市：庾信《小园赋》："晏婴近市，不求朝夕之利。"
[3] 汁滓：指槐叶的汁和渣。
[4] 加餐：《古诗十九首·行行重行行》："弃捐勿复道，努力加餐饭。"
[5] 碧鲜：左思《吴都赋》："玉润碧鲜。"
[6] 苞芦：芦笋。
[7] 騕褭（yǎo niǎo）：古代骏马名，日行五千里。
[8] 锦屠苏：天子之屋。
[9] 献芹：谦言自己的赠品微不足道。语出《列子·杨朱》："昔人有美戎菽、甘枲茎芹萍子者，对乡豪称之。乡豪取而尝之，蜇于口，惨于腹，众哂而怨之，其人大惭。"
[10] 荐藻：指如果有诚心，水草也可以祭献鬼神。《左传·隐公三年》："苟有明信，涧溪沼沚之毛，蘋蘩蕴藻之菜，筐筥锜釜之器，潢污行潦之水，可荐于鬼神，可羞于王公。"
[11] 清玉壶：鲍照《代白头吟》："直如朱丝绳，清如玉壶冰。"

◎槐叶冷淘

　　"槐叶冷淘"始于唐代,原先是一种宫廷食物,后来传到民间。《唐六典》载:"太官令夏供槐叶冷淘。凡朝会燕飨,九品以上并供其膳食。"

　　槐叶冷淘是指用槐芽、槐叶挤出的汁和面,切成饼、条、丝等形状,煮熟后放入凉汤中冷却,捞出后拌上佐料即可食用,又称为"槐淘",类似于我们现在的凉面。

　　槐树是落叶乔木,多生长在北方,其树形高大,枝多叶密,叶片呈羽状,花朵为淡黄色或白色,荚果为肉质,呈串珠状。没有开放的槐花俗称为"槐米",开放的槐花也称为"槐蕊"。槐叶、槐枝、槐根、槐花、槐角都可入药。槐花不仅具有观赏价值,花期来临的时候,一串串、一片片缀满枝头,散发出素雅清新的芬芳。同时,槐花还可以做成菜品。清炒槐花、槐花炒蛋、槐花馅饺子、槐花麦饭、槐花糯米粥、槐花酱都是广受人们喜爱的美食。

　　"槐叶冷淘"在古代很受欢迎,不少诗人都有过关于它的诗作,如"槐叶冷淘来急吃,君家醪瓮却须休。"(宋·晁说之《招图机吃槐叶冷淘》)、"香翻乳酒倾云液,油点槐淘泻玉盘。"(清·钱谦益《谢德州张太守送酒》)等。苏轼也曾写过《二月十九日携白酒鲈鱼过詹使君食槐叶冷淘》诗:"枇杷已熟粲金珠,桑落初尝滟玉蛆。暂借垂莲十分盏,一浇空腹五车书。青浮卵碗槐芽饼,红点冰盘藿叶鱼。醉饱高眠真事业,此生有味在三余。"

初冬绝句 [1]

〔宋〕陆游

鲈肥菰脆调羹美 [2]，荞熟油新作饼香。
自古达人轻富贵，例缘乡味忆还乡。

注释

[1] 此诗开禧元年九月作于山阴。
[2] 鲈肥菰脆调羹美：《晋书·张翰传》："翰因见秋风起，乃思吴中菰菜、莼羹、鲈鱼脍，……遂命驾而归。"

◎荞麦面
　油煎饼

　　这是一首思乡诗。作者在诗中不仅用到了"莼鲈之思"的典故，还说到了另外一种美食——荞麦面油煎饼。可见早在宋代，吴地就已经流行吃荞麦面油煎饼了。

　　陆游在另一首诗《荞麦初熟，刈者满野，喜而有作》中提到："城南城北如铺雪，原野家家种荞麦。霜晴收敛少在家，饼饵今冬不忧窄。胡麻压油油更香，油新饼美争先尝。"荞麦面中含有丰富的蛋白质，比大米、白面的蛋白质含量更高。《本草纲目》中言，荞麦不仅能"降气宽肠"，还能"炼肠胃滓滞"，治疗泄痢、腹痛上气等疾病。多食荞麦，也有助消化、止汗去火的功效。

　　用初榨的芝麻油来煎荞麦饼，不仅饼香四溢、美味可口，更令作者回忆起了故乡之味。吃煎饼的时候，可以在里面裹上小菜，如黄瓜丝、土豆丝等，还可以根据自己的口味刷上酱料，加点葱白，味道十分诱人。

唐多令·年糕

〔清〕凌祉媛

切玉妙能工，香调桂米浓。快登筵、粉腻酥融。仿佛刘郎题字[1]在，谁印取、口脂红。

佳号复谁同，年年祝岁丰。更团花、簇满盘中。市上携来纷馈饷，须买到，落灯[1]风。"上灯圆子落灯糕"，杭谚也。

注释

[1] 刘郎题字：刘郎，指刘禹锡。刘禹锡作《九日》诗，打算用"糕"字，因为五经中无此字，于是辍用。

[2] 落灯：元宵后三天正月十八是落灯日。

◎年糕

年糕是中国的传统食物，用黏性大的糯米或者米粉蒸制而成，本作"黏糕"。黏糕谐音"年年高"，渐渐成为春节期间的应节食品，就直接叫成了"年糕"。过年的时候吃年糕，寓意着年年高升、吉祥如意。

我国食用年糕的习俗由来已久，至迟在汉代就已经出现。《周礼》载："羞笾之实，糗、饵、粉。"其中的糗和饵就相当于今天的年糕。汉代扬雄《方言》中也有关于糕的记述。常见的年糕有黄白两色，糯米制成的呈白色，黍制成的成黄色。古人有诗云："年糕寓意稍云深，白色如银黄色金。"

不同地区的年糕做法、吃法均有不同，有的地方年糕中会加入豆馅、糖馅等馅料，有的地方年糕炸着吃，有的地方则蒸着吃。如今，年糕随处可见，不再是局限于节令的美食。

清代女词人凌祉媛的词作中，就讲述了年糕的制作方法与时令风俗。词的上阕写家宴中的年糕的制作过程，把糯米粉的原坯像切割玉石一样切成块状，撒上香甜的糖桂花，蒸熟后的年糕粉腻酥融，还要在年糕上印上红字；下阕写市场上买卖的礼品年糕，用于亲朋之间相互馈赠，一直售卖到元宵后三天，正月十八落灯日。

留别廉守

〔宋〕苏轼

编萑以苴^[1]猪，瑾涂^[2]以涂之。

小饼如嚼月，中有酥与饴。

悬知合浦^[3]人，长诵东坡诗。

好在真一酒^[4]，为我醉宗资^[5]。

注释

[1] 萑（huán）：芦类植物。苴（chá）：包裹。

[2] 瑾涂：黏土。

[3] 悬：揣测，猜想。合浦：广西县名。

[4] 真一酒：酒名。苏轼居于岭南时自酿酒。

[5] 宗资：东汉名臣，曾任汝南太守。作者初移廉州安置，故以此自比。

◎月饼

月饼，又称月团、团圆饼、丰收饼、胡饼等。中秋佳节赏月和吃月饼是中国人流传已久的习俗。月饼的形状如同一轮满月，圆圆的月饼象征着团团圆圆。即使不能和家人团聚，吃着月饼，对着明月思念自己的故乡和亲人，也是一种安慰。

月饼本是古代祭拜月神时用的贡品，后来渐渐形成了中秋吃月饼的习俗。月饼，相传起源于唐朝。唐初，大将李勣征讨东突厥凯旋，胡人向皇帝献饼祝捷。唐高祖李渊拿着月饼指着空中的明月说："应将胡饼邀蟾蜍。"说完，将饼分给群臣食用。"月饼"一词，最早收录在宋代吴自牧的《梦粱录》中。那时的"月饼"还只是一种点心。后来，人们渐渐把月饼与赏月、团圆等意象结合在一起。到了明代，中秋节吃月饼的习俗更加普遍，《帝京景物略》中言八月十五日"祭月，其祭果饼必圆"。到了清代，月饼的名称就已经正式固定下来了，并且成为中秋佳节的应节食品。

经过千百年的演变，月饼的样式、口味都在不断地翻新，不同地区的月饼各有特色，并且行销全国。其中，知名的有广式月饼、苏式月饼、京式月饼、潮式月饼、滇式月饼等。广式月饼皮薄馅厚，油润甘香。外皮用砂糖糖浆、饴糖和油料调和面团，内馅多用果料。广式月饼的名称多根据内馅来定，诸如五仁月饼、椰蓉月饼、豆沙月饼、蛋黄莲蓉等。苏式月饼产在苏州，重油重糖，外皮酥松多层，口味以纯甜为主，如水晶百果、松子枣泥等。滇式月饼起源并流行于云南地区，鲜花饼、云腿月饼就是滇式月饼的代表。如今去云南旅游的人们，都会带上一两盒当地特产的鲜花饼和云腿月饼来馈赠亲友。

如今，除了传统的月饼之外，还有一些新式月饼也渐渐走进人们的生活，如冰皮月饼、冰淇淋月饼、法式月饼等，都是深受人们喜爱的点心。

素描——月饼

编萑以苴猪，瑾涂以涂之。

小饼如嚼月，中有酥与饴。

——〔宋〕苏轼

第四章　水产家禽

· SHUICHAN JIAQIN ●●

山坡羊·江山如画

〔元〕陈草庵

　　江山如画，茅檐低厦[1]，妇蚕缫婢织红[2]奴耕嫁。务桑麻，捕鱼虾，渔樵见了无别话。三国鼎分牛继马[3]。兴，休羡他；亡，休羡他。

注释

[1] 低厦：低矮的房屋。

[2] 蚕缫：养蚕与缫丝。织红：纺织与缝纫刺绣。

[3] 牛继马：传说晋朝司马氏开国初，河西柳谷出土一块石头，上面有图画以及牛继马后的谶语，说司马睿是牛氏之子，牛氏代替司马氏继承帝位。

○虾

虾，繁体写作"蝦"，读音近似于"霞"，是取其入汤即色如红霞的特性。虾的品种繁多，有近两千种。大的虾长度有一米多，小的只有几毫米。依据虾的生活环境，主要分为海虾和淡水虾两类。如龙虾、基围虾、大红虾等属于海虾，青虾、草虾、河虾等属于淡水虾。中国人很早就捕食虾，因虾肉质鲜嫩，无骨无刺，味道好，营养高，是饱受人们喜爱的美食。

根据虾的形态特点，中国人还创造了很多词汇。虾双目外凸，所以有了"虾目""虾眼"等词语，用来形容茶汤初沸时的小气泡；虾弓腰弹跳、行动迅速，所以用"虾腰"形容人鞠躬行礼。

关于虾还有一个小故事，传说虾与蚯蚓是一对好朋友，虾本来是没有眼睛的，而蚯蚓有一双黑圆的眼睛。一次，虾想去朋友家做客，虾苦于自己没有眼睛，非常烦恼。蚯蚓于是主动把自己的眼睛借给了虾，虾很高兴，承诺自己回来后会立刻归还眼睛。然而，虾有了眼睛，感觉十分光彩，再也舍不得将眼睛还给蚯蚓了。虾为了躲避蚯蚓，自此在水中生活，蚯蚓没有了眼睛只好钻入泥土中求生。虾由于愧对朋友，所以死时身体蜷曲，遇高温满身通红。

德远叔坐上赋肴核糟蟹

〔宋〕杨万里

横行^[1]湖海浪生花，糟粕招邀^[2]到酒家。
酥片满螯凝作玉，金穰镕腹^[3]未成沙。

注释

[1] 横行：指螃蟹只能横着行走。
[2] 招邀：亦作"招要"，邀请。
[3] 金穰镕腹：形容蟹黄似金熔铸于蟹腹中。

◎糟蟹

糟即酒糟，糟蟹是一种将螃蟹放置在酒糟中，加上椒盐、葱、姜、醋等调料一起密封腌制的食品制作方法。在隋唐时期，糟蟹还是一种贡品，到了宋代，糟蟹已经非常普遍。

明代周履靖《群物奇制》中记载糟蟹做法："三十团脐不用尖，陈糟斤半半斤盐，再加酒醋各半碗，吃到明年也不腌。"其中的团脐指的是雌蟹，雄蟹被称为尖脐，雄蟹和雌蟹不能共糟，否则肉质会变沙，一旦变沙，则口味全无。所以，杨万里在诗中写道："酥片满螯凝作玉，金穰镕腹未成沙。"蟹螯中的肉酥软成片如同片片白玉，蟹黄在腹中金黄油亮，如同熔铸的金子。螃蟹横行于湖海，搅得浪花飞溅，一旦陷于糟粕中，就成了令人垂涎不已的美味。杨万里还曾作《糟蟹赋》，其中有"是能纳夫子于醉乡，脱夫子于愁城"之句。吃糟蟹，能让自己远离愁绪，卧倒醉乡，可见糟蟹的上乘美味。

陆游也爱吃糟蟹。他在《糟蟹》诗中写道："旧交髯簿久相忘，公子相从独味长。醉死糟丘终不悔，看来端的是无肠。"髯簿，即长髯主簿，古人常用来指羊。螃蟹则被称为"无肠公子"。在陆游诗中，他的旧交长髯主簿早就已经忘怀了，现在与他时刻相伴的是号称"无肠公子"的螃蟹。"醉死糟丘终不悔"，可见诗人对糟蟹的喜爱已经到了不在乎生死的程度。

河豚叹

〔宋〕范成大

鲰生藜苋肠 [1]，食事一饱足。
腥腐色所难，况乃衷鸩毒 [2]。
彭亨强名鱼，杀气孕惨黩。
既非养生具，宜谢砧几酷。
吴侬真差事，网索不遗育。
捐生决下箸，缩手汗童仆。
朝来里中子，才吻不待熟。
浓睡唤不应，已落新鬼录。
百年三寸咽，水陆富肴蔌。
一物不登俎，未负将军腹。
为口忘计身，饕死何足哭。
作俑者谁欤？至今走末俗。
或云先王意，除恶如艺菽。
逆枭与毒獍 [3]，岁岁参币玉。

注释

[1] 鲰生：浅薄无知的人。藜苋肠：指吃蔬食。
[2] 鸩毒：鸩羽有剧毒，入酒饮之可杀人。
[3] 枭：传说中的恶鸟，生而食母。獍：传说中的恶兽，生而食父。

芟夷[1]入荐羞，盖欲歼种族。

生死有定数，断命乌可续。

适丁是时者，未易一理局。

鼋鼎子公怒[2]，羊羹华元衄[3]。

异味古所珍，无事苦畏缩。

骈头讧此语，戒谕只取渎。

聋瞶死不悟，明知谅已烛。

注释

[1] 芟夷：割除。
[2] 鼋鼎子公怒：《左传·宣公四年》："楚人献鼋于郑灵公，公子宋与子家将见，子公之食指动，以示子家，曰：'他日我如此，必尝异味。'……及食大夫鼋，召子公而弗与，子公怒，染指于鼎，尝之而出。"
[3] 羊羹华元衄：《左传·宣公二年》："郑公子归生受命于楚伐宋，……将战，华元杀羊食士，其御羊斟不与。及战，曰：'畴昔之羊子为政，今日之事我为政。'与入郑师，故败。"衄，失败。

◎河豚

河豚，别名赤鲑、鲵鲐、嗔鱼、鹕夷鱼、河鲀鱼、气泡鱼、吹肚鱼等。小口大腹，没有鳞片，触之则胀大如球。

河豚肉质鲜美，被誉为"菜肴之冠"。但是河豚全身都充满毒性，除了肌肉毒性较少或无毒外，其余部分如肝脏、肾脏、眼睛、卵巢和血液中都含有剧毒，如果处理不得当，就有中毒的危险，严重者可能危及生命。李时珍在《本草纲目》中载："河豚有大毒，味虽珍美，修治失法，食之杀人。"

然而，河豚的味道十分诱人，自古以来就有"拼死吃河豚"的说法。常常有人因误食处理不彻底的河豚而中毒，一旦中毒，死亡率很高。煮食河豚的时候，必须除去内脏、生殖腺、眼睛，洗净血液，刮去表面黏液或者剥去外皮，并且需要烹煮较长时间，以防中毒。

河豚毒性太高，所以诗人范成大劝诫人们不应该为了满足口腹之欲而去冒生命危险。但是古往今来的"吃货"们，似乎很难抵御这种美味带来的诱惑。苏东坡也爱吃河豚，他的著名诗作《惠崇春江晚景》中就有"蒌蒿满地芦芽短，正是河豚欲上时"的句子。相传他还曾说，为了吃河豚，值得一死。

素描—河豚

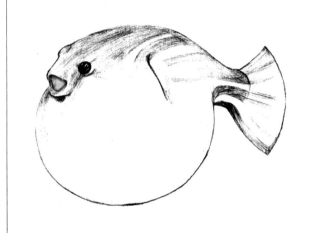

异味古所珍，无事苦畏缩。
骈头讧此语，戒谕只取读。

—〔宋〕范成大

渔歌子 [1] · 西塞山 [2] 前白鹭飞

〔唐〕张志和

　　西塞山前白鹭飞，桃花流水鳜鱼肥。青箬笠 [3]，绿蓑衣 [4]，斜风细雨不须归。

注释

[1] 渔歌子：词牌名。
[2] 西塞山：在今浙江吴兴县西。
[3] 箬笠：斗笠，用竹片和竹叶编制的帽子，可以挡雨。
[4] 蓑衣：用草编织成的雨具，厚厚的，可以穿在身上。

◎鳜鱼

鳜鱼，又名季花鱼、花鲈鱼、桂鱼、水豚等。它的身体呈纺锤形，口大，下颌长，鳞细，色淡黄而带浅褐，有黑斑。鳜鱼肉质细嫩，味道鲜美，骨刺很少。李时珍曾称其为"水豚"，就是因为鳜鱼具有河豚一般的美味，而无河豚之毒。还有人将鳜鱼比作龙肉，可见鳜鱼的风味不凡。历代都视鳜鱼为鱼中上品，常与松江鲈鱼、富春江鲥鱼相提并论。

农历三月份的鳜鱼最为肥美，因此被称为"春令时鲜"。所以诗中说"桃花流水"的时节，鳜鱼正肥。鳜鱼的最佳烹调方法就是清蒸，可以在最大程度上保留鳜鱼的鲜味。此外，还可以做成红烧桂鱼、醪糟鳜鱼、臭鳜鱼、松鼠鳜鱼等。

明清时期，鳜鱼是绍兴"八大贡品"之一，有清诗描绘道："时值秋令鳜鱼肥，肩挑网箱入京畿。"

洛阳女儿行

〔唐〕王维

洛阳女儿对门居，才可^[1]容颜十五余。

良人玉勒乘骢马，侍女金盘脍鲤鱼^[2]。

画阁朱楼尽相望，红桃绿柳垂檐向。

罗帏送上七香车，宝扇迎归九华帐。

狂夫^[3]富贵在青春，意气骄奢剧季伦^[4]。

自怜碧玉亲教舞，不惜珊瑚^[5]持与人。

春窗曙灭九微^[6]火，九微片片飞花琐。

戏罢曾无理曲时，妆成只是熏香坐。

城中相识尽繁华，日夜经过赵李家^[7]。

谁怜越女^[8]颜如玉，贫贱江头自浣纱。

注释

[1] 才可：恰好。

[2] 脍鲤鱼：鲤鱼片。

[3] 狂夫：古代妻子称呼丈夫的谦辞。

[4] 季伦：指晋代石崇，字季伦，其人以豪奢著称于世。

[5] 珊瑚：石崇曾经与人斗富，比拼珊瑚树的大小与多少。

[6] 九微：指珍贵的灯具。

[7] 赵李家：赵、李指汉成帝的皇后赵飞燕和婕妤李平。赵李家泛指贵戚之家。

[8] 越女：指西施。

◎鲤鱼

中国人民食用鲤鱼的历史非常久远，早在两千多年前的《诗经·陈风·衡门》中就有关于鲤鱼的诗句："岂其食鱼，必河之鲤？"鲤鱼生长在淡水湖泊之中，它肉厚、刺少、味鲜，营养价值高，历来深受人们喜爱，尤以黄河鲤鱼最为著名。黄河鲤鱼还与松江鲈鱼、长江鲥鱼和巢湖银鱼被誉为"四大名鱼"。

在中国的鱼类当中，鲤鱼不仅外形美丽，味道好吃，还被赋予了特别的文化意义。古代传说中，黄河鲤鱼听说龙门风光好，都想去看看。到了龙门脚下却过不去，这时一条鲤鱼纵身一跃，跳过龙门，一眨眼幻化成一条巨龙。宋代的陆佃在《埤雅·释鱼》中写道："俗说鱼跃龙门，过而为龙，唯鲤或然。"后来，人们常用"鲤鱼跃龙门"比喻中举、升官等飞黄腾达的事，也表达对逆流而上、奋发图强的人们的美好祝愿。

自古以来，中国人就把鲤鱼视为吉祥如意的象征，过年的时候，家家都要烹饪鲤鱼（或鲫鱼），寓意"年年有余"，墙壁上悬挂的年画中，常常有骑着鲤鱼或怀抱鲤鱼的胖娃娃，十分喜庆。

此外，鲤鱼还被道教视为神鱼，是仙人的坐骑。西汉刘向的《列仙传·琴高》中有琴高"乘赤鲤来，出坐祠中"的记述。相传在唐玄宗时期，因"鲤"与"李"同音，所以他将鲤鱼改称"赤鳞公"，并且不准人们捕捉鲤鱼。渔民一旦捕获鲤鱼，就必须放生。当然，当时的信息不通畅，加之社会风气的开化，所以这一禁令并没有被严格地遵守。

思吴江^[1] 歌

〔西晋〕张翰

秋风起兮木叶^[2]飞，吴江水兮鲈正肥。
三千里兮家未归，恨难禁^[3]兮仰天悲。

注释

[1] 吴江：吴淞江，又名松江、松陵江、苏州河，源自太湖，经黄浦江入海。
[2] 木叶：即树叶，在诗歌中常指落叶。
[3] 禁：抑止。

江上渔者 [1]

〔宋〕范仲淹

江上往来人，但爱 [2] 鲈鱼美。
君看一叶舟，出没风波 [3] 里。

注释

[1] 江上渔者：一名《赠钓者》。
[2] 但爱：一作"尽爱"。但，只。
[3] 风波：一作"风涛"。

◎鲈鱼

鲈鱼又名板鲈、花鲈，其外观具有头大口大、身体扁长、鱼鳞细密的特点，它的背呈青色，腹部呈白色，一般生活在近岸浅海，以松江所产最为名贵。

鲈鱼味道鲜美，肉质结实，营养丰富，烹饪方式多样。在古代，松江鲈鱼、黄河鲤鱼、长江鲥鱼和巢湖银鱼被誉为"四大名鱼"，深受人们的喜爱。

鲈鱼的烹饪方法多种多样，常见的有红烧、清蒸，或者做鲈鱼羹、鲈鱼汤。除此之外，还有豆腐烧鲈鱼、醋冈鲈鱼、山椒鲈鱼、酒烤鲈鱼、蒜酥蒸鲈鱼、芥菜烩鲈鱼等做法。

历代赞颂鲈鱼美味的诗文很多，其中以张翰最为有名。《晋书·张翰传》载："翰因见秋风起，乃思吴中菰菜、莼羹、鲈鱼脍。"据说张翰在洛阳做官的时候，有一天秋风起，他想念起吴中故乡的菰菜、莼菜羹和鲈鱼脍，便萌生了隐退之意，于是他立刻辞官归乡。"秋风鲈脍""莼羹鲈脍""莼鲈之思"的典故也流传至今。古代文人们在诗中也常常用到张翰的典故。如李白的《行路难三首·其三》有曰："君不见吴中张翰称达生，秋风忽忆江东行。"苏轼的《戏书吴江三贤画像三首·其二》有曰："浮世功劳食与眠，季鹰真得水中仙。不须更说知机早，直为鲈鱼也自贤。"

仲夏 [1] 风雨不已

〔宋〕陆游

南陌东阡 [2] 自在身，一年节物几番新。

鲥鱼出后莺花闹，梅子熟时风雨频。

冠盖敢同修禊客，桑麻不减避秦人 [3]。

夕阳更有萧然处，照影清溪整葛巾 [4]。

注释

[1] 仲夏：夏季的中间月份。

[2] 南陌东阡：田间纵横的小路。

[3] 避秦人：指躲避强暴或战乱。陶渊明在《桃花源记》中写道："自
云先世避秦时乱，率妻子、邑人来此绝境，不复出焉，遂与外人间隔。"

[4] 葛巾：古时用葛布做的头巾。

◎鲥鱼

鲥鱼，又名时鱼、三黎鱼、三来。鲥鱼是溯河产卵的洄游性鱼类，平常生活在大海中，每年只在初夏时节定时入江，其他时间不出现，因此而得名。"鲥鱼出后莺花闹，梅子熟时风雨频"，说的就是鲥鱼出产的时节。

鲥鱼产于长江。长江鲥鱼与松江鲈鱼、黄河鲤鱼和巢湖银鱼被誉为中国古代的"四大名鱼"。它肉质细腻，味道十分鲜美，是名贵的食材。早在汉朝时，人们就已经将鲥鱼制作成珍馐美味。东汉名士严子陵与汉光武帝刘秀是同窗好友，刘秀即位后，曾多次请刘秀入朝为官。但是严子陵隐居在桐庐富春江畔，因不舍富春江鲥鱼的美味而拒绝了皇帝的征召。后人将他垂钓的地方称为"严陵濑"。李白在《酬崔侍御》中写道："严陵不从万乘游，归卧空山钓碧流。"说的就是严子陵在富春江畔耕读垂钓之事。富春江鲥鱼以唇有朱点者为上品，传说这是严子陵用朱笔点过的。

鲥鱼喜爱在靠近水面的地方游动，渔民只要用丝网沉在水中数寸就可以捕获它们。只要丝网触到鲥鱼的鳞片，它们就不动了，传说是因为鲥鱼爱惜自己鳞片的缘故，所以它们又被称为"惜鳞鱼"。鲥鱼捞出水后会很快死亡，而且容易腐败。

烹调鲥鱼，最普遍的做法就是清蒸。鲥鱼的美味历来广受赞颂，苏轼曾赞美道："尚有桃花春气在，此中风味胜鲈鱼。"贺铸在《梦江南》中写道："苦笋鲥鱼乡味美，梦江南。阊门烟水晚风恬。落归帆。"

小雅·瓠叶

〔先秦〕《诗经》

幡幡瓠[1]叶，采之亨[2]之。
君子有酒，酌言[3]尝之。

有兔斯首[4]，炮之燔[5]之。
君子有酒，酌言献之。

有兔斯首，燔之炙[6]之。
君子有酒，酌言酢[7]之。

有兔斯首，燔之炮之。
君子有酒，酌言酬之。

注释

[1] 幡幡：反复翻动的样子。瓠（hù）：葫芦科植物的总称。
[2] 亨：同"烹"，煮。
[3] 言：助词，无实义。
[4] 斯首：斯，语助词。一说斯首是指白头，兔小者头白。
[5] 炮：将动物裹上泥放在火上烤。燔（fán）：用火烤熟。
[6] 炙：用火熏烤。
[7] 酢：回敬酒。

◎烤兔

　　古人宴饮，根据礼仪应当准备"六牲"作为待客的菜品，即豕（猪）、牛、羊、鸡、鱼、雁。使用兔肉来招待客人，显然是比较简陋的。这首诗中，除了烤兔肉之外，仅有的菜品就是煮瓠瓜，再配上酒水，虽然菜肴简单，但是待客的情意却是无价的。

　　诗中说到了几种烤兔的做法，其中就有"炮""燔""炙"。"炮"是古代的一种烹饪方法，用烂泥裹上带毛的动物，架在火上不停翻烤；"燔"是直接将肉放在火上烤；"炙"则是将去毛的动物肉串起来在火上熏烤。《颜氏家训》中有言："凡傅于火曰燔，母之而加于火曰炙，裹而烧者曰炮。柔者炙之，乾者燔之。"

　　到了现代，烤兔已经成为大众所熟知的美食，炭烤兔腿、烤全兔、手撕兔肉等都深受人们的喜爱。烤好的兔肉鲜香麻辣，肉质鲜嫩，不柴不腻，既能做成美味的菜肴，也可以当作休闲的零食。

猪肉颂

〔宋〕苏轼

净洗铛，少著水，柴头罨[1]烟焰不起。
待他自熟莫催他，火候足时他自美。
黄州好猪肉，价贱如泥土。
贵者不肯吃，贫者不解煮。
早晨起来打两碗，饱得自家君莫管。

注释

[1] 罨（yǎn）：掩盖，覆盖。

◎东坡肉

东坡肉又名红烧肉、滚肉，主要食材是半肥半瘦的猪肉，是江南地区一道传统名菜，由著名的大文学家苏轼——苏东坡而得名。

北宋元丰二年（1079），苏轼因"乌台诗案"获罪，被捕入狱，次年被贬黄州任团练副使。苏轼在黄州之时，自己开荒种地，并效仿白居易给自己取号"东坡居士"。

黄州老百姓养的猪质好但价贱，据说是当时的贵族以羊肉为贵，不喜食猪肉，而老百姓又没有掌握恰当的烹煮之法的缘故。所以苏轼在诗中说"贵者不肯吃，贫者不解煮"。于是，他亲自动手烹饪红烧肉并且将烹煮的方法写入诗中。这首诗在坊间广为传颂，黄州的百姓都学会了红烧肉的做法。

不过"东坡肉"这一称谓的由来还要追溯到苏轼在杭州任知州时期。相传元祐五年（1090）五六月的时候，浙西一带暴雨不断，湖水泛滥，苏轼组织民工疏浚西湖，筑堤建桥，解决了杭州百姓的危难。人们听说苏轼爱吃红烧肉，于是纷纷上门送猪肉给苏轼。苏轼将猪肉加工之法教给当地的百姓，百姓们亲切地将其称为"东坡肉"。

上等的东坡肉色泽透亮，红如翡翠玛瑙，形状方正，肥瘦相间，香味扑鼻。吃起来糯而不腻，瘦而不筋，酥而不烂，是人们酷爱的一道美食。

次韵子由除日见寄

〔宋〕苏轼

薄宦[1] 驱我西，远别不容惜。
方愁后会远，未暇忧岁夕。
强欢虽有酒，冷酌不成席。
秦[2] 烹惟羊羹，陇馔有熊腊[3]。
念为儿童岁，屈指[4] 已成昔。
往事今何追，忽若箭已释。
感时嗟事变，所得不偿失。
府卒来驱傩[5]，矍铄惊远客。
愁来岂有魔，烦汝为攘磔[6]。
寒梅与冻杏，嫩萼初似麦。
攀条为惆怅，玉蕊何时折。
不忧春艳晚，行见弃夏覈[7]。

注释

[1] 薄宦：指官职卑微。
[2] 秦：今陕西。
[3] 陇：今甘肃。熊腊：《淮南子》云："熊当心有白脂如玉，味甚美，俗呼熊白。"腊，干肉。
[4] 屈指：弯着手指头计算数目。白居易在《春游》中云："请君屈十指，为我数交亲。"
[5] 驱傩：旧时岁暮或立春日迎神赛会，驱逐疫鬼。
[6] 攘磔：宰牲祈禳。攘，通"禳"。向鬼神祈祷消除灾殃。
[7] 覈（hé）：通"核"，郑玄《周礼》注："通作核，谓李、梅之属。"

人生行乐耳，安用声名籍。

胡为独多感，不见膏自炙 [8]。

诗来苦相宽，子意远可射。

依依见其面，疑子在咫尺。

兄今虽小官，幸忝佐方伯 [9]。

北池近所凿，中有汧水 [10] 碧。

临池饮美酒，尚可消永日。

但恐诗力弱，斗健未免馘 [11]。

诗成十日到，谁谓千里隔。

一月寄一篇，忧愁何足掷。

[8] 膏自炙：焚膏的意思。膏，膏油，油灯。
[9] 方伯：殷周时代的一方诸侯之长，后泛指地方长官。
[10] 汧（qiān）水：水名，源自甘肃，流经陕西入渭河，今称千河。
[11] 馘（guó）：指俘虏。

◎羊肉	羊，古代六畜之一。许慎在《说文解字》中曰："羊，祥也。"自古人们就把羊视为吉祥之物。与羊有关的字，大多带有美好的寓意，比如"善""祥""养""美"等。羔羊在吸吮母亲乳汁时，是跪着的姿势，故有成语"羔羊跪乳"。古人把羊称为"孝兽"，文天祥《咏羊》诗中有"跪乳能知报母情"之句。
	羊肉是我国居民主要的食用肉类之一。羊肉有绵羊肉、山羊肉和野羊肉之分，在古代称之为羝肉、羖肉和羯肉。羊肉中含有丰富的蛋白质和维生素及矿物质，肉质细软，易消化吸收，是很好的进补食品。羊肉性温，是冬季的御寒佳品。在严寒的冬季喝一碗羊汤，从心里暖到胃里。
	因羊肉的脂肪中含有石碳酸，所以羊肉具有独特膻味。有的人对羊肉的膻味爱不释手，有的人却敬而远之。去除羊肉的膻气也有办法，用葱姜、料酒、胡萝卜等食材与羊肉同煮，可以去除膻腥之气，同时保持羊肉的风味。
	羊肉的吃法多种多样，蒸煮、清炖、红烧、炙烤，都鲜香味美。除羊肉外，羊肚、羊心、羊脑、羊胆、羊骨、羊髓等都可以食用。红焖羊肉、清炖羊肉、烤全羊、孜然羊肉、羊蝎子火锅、凉拌羊肚、手抓羊肉等，都是备受食客喜爱的菜品。

第五章　茶

· CHA

和章岷从事 [1] 斗茶歌

〔宋〕范仲淹

年年春自东南来，建溪先暖冰微开。
溪边奇茗冠天下，武夷仙人 [2] 从古栽。
新雷 [3] 昨夜发何处，家家嬉笑穿云去。
露牙错落一番荣，缀玉含珠散嘉树 [4]。
终朝采掇未盈襜 [5]，唯求精粹不敢贪。
研膏焙乳有雅制，方中圭兮圆中蟾 [6]。
北苑 [7] 将期献天子，林下雄豪先斗美。
鼎磨云外首山铜，瓶携江上中零水 [8]。
黄金碾畔绿云飞，紫玉瓯心翠涛起。
斗余味兮轻醍醐 [9]，斗余香兮薄兰芷。
其间品第胡能欺，十目视而十手指。

注释

[1] 章岷从事：章岷，字伯镇，天圣年间进士。从事，官职名。
[2] 武夷仙人：传说中武夷山的仙人，称为武夷君。
[3] 新雷：春天第一次打雷。
[4] 嘉树：指茶树。
[5] 襜：系在衣服前面的围裙。
[6] 圭：玉制礼器。蟾：月亮。
[7] 北苑：指北苑贡茶。
[8] 中零水：即中冷水，指中冷泉水。
[9] 醍醐：比喻美酒。

胜若登仙不可攀，输同降将无穷耻。

于嗟天产石上英[1]，论功不愧阶前蓂[2]。

众人之浊我可清，千日之醉我可醒。

屈原试与招魂魄[3]，刘伶[4]却得闻雷霆。

卢仝敢不歌，陆羽须作经。

森然万象中，焉知无茶星？

商于丈人[5]休茹芝，首阳先生[6]休采薇。

长安酒价减千万，成都药市无光辉。

不如仙山一啜好，泠然便欲乘风飞。

君莫羡花间女郎只斗草[7]，赢得珠玑满斗归。

注释

[1] 石上英：即石英，一种矿石。

[2] 蓂：蓂英，古代传说中的一种瑞草。

[3] 屈原试与招魂魄：屈原曾作《招魂》，表达了对故都、乡土、家国的深情怀念和对祖国山河破碎、国土沦丧的痛惜与愤慨。

[4] 刘伶：字伯伦，魏晋时期名士。嗜酒如命，蔑视礼法，曾在建威将军王戎幕府下任参军，提倡无为而治，后被罢官。后来朝廷征召其入仕，他纵酒发疯，最终一生不仕，老死家中。

[5] 商于丈人：应指"商山丈人"，即商山四皓。秦末东园公、绮里季、夏黄公、甪里先生四位隐士，年八十有余，须发皆白。

[6] 首阳先生：指伯夷、叔齐。二人隐居首阳山，采薇而食，因耻食周粟而饿死。

[7] 斗草：又称斗百草，民间的一种游戏。

◎武夷茶

武夷茶，又名武夷岩茶，是中国传统名茶，产于福建闽北武夷山一带。岩茶生长于山岩缝隙之中，具有明显的岩骨花香，是中国乌龙茶当中的极品。

武夷岩茶根据产茶地点的不同，又可分为正岩茶、半岩茶和洲茶。在武夷岩中心地带所产的茶称为正岩茶，品质最高，岩韵最厚；在武夷山边缘地带产出的茶叶被称为半岩茶，品质稍逊于正岩茶；在武夷岩两岸所产的茶叫作洲茶，品质略低于正岩茶和半岩茶。武夷岩茶当中的佳品有大红袍、白鸡冠、铁罗汉、水金龟、瓜子金、半天腰等。

在西汉时期，武夷茶就已经颇具盛名，唐代民间将它作为馈赠佳品，宋元时期武夷茶作为贡茶被进献给朝廷。到了清代，武夷茶发展更盛，武夷岩茶、红茶、绿茶，还有其他茶种都很受人们喜爱。康熙时期，武夷茶还远销北美、西欧、南洋等。

清代袁枚在其所著的《随园食单》中写道："余向不喜武夷茶，嫌其浓苦如饮药。然丙午秋，余游武夷到曼亭峰、天游寺诸处。僧道争以茶献。杯小如胡桃，壶小如香橼，每斟无一两。上口不忍遽咽，先嗅其香，再试其味，徐徐咀嚼而体贴之。果然清芬扑鼻，舌有余甘。一杯之后，再试一二杯，令人释躁平矜，怡情悦性。始觉龙井虽清而味薄矣；阳羡虽佳而韵逊矣。颇称玉与水晶，品格不同之故。故武夷享天下盛名，真乃不忝。且可以瀹至三次，而其味犹未尽。"

茅亭

〔宋〕陆游

终日坐茅亭，萧然倚素屏。
儿圆点茶梦，客授养鱼经[1]。
马以鸣当斥[2]，龟[3]缘久不灵。
诗成作吴咏[4]，及此醉初醒。

注释

[1] 养鱼经：书名，相传是范蠡所作。
[2] 马以鸣当斥：《新唐书·李林甫传》有言："君等独不见立仗马乎？终日无声，而饫三品刍豆，一鸣则黜之矣。"
[3] 龟：古代用龟甲占卜。
[4] 吴咏：即吴歌。

题茶诗与东坡

〔宋〕释了元

穿云摘尽社前春 [1]，一两 [2] 平分半与君。
遇客不须容易点，点茶须是吃茶人 [3]。

注释

[1] 社前春：指春社前采制的茶。
[2] 一两：指一两茶。
[3] 吃茶人：指懂茶的人。

◎点茶

点茶是两宋时期流行的一种沏茶方法。唐朝时流行煎茶，陆羽《茶经》中有关于煎茶的记载。宋代的点茶是在唐朝煎茶法的基础上发展而来的。宋代是中国茶文化的鼎盛时期，全民上下都以饮茶为时尚，宋徽宗赵佶不仅爱点茶、吃茶，他还作茶书《大观茶论》，对茶叶的产地、采制、器具、品鉴等方面进行了记述和阐释。

点茶的主要程序有备器、洗茶、炙茶、碾茶、磨茶、罗茶、择水、取火、候汤、热盏、点茶。所选原料最好是白茶或绿茶，用火将茶饼炙烤后，将其碾成细末，用罗筛出细细的茶粉，烧水候汤。用沸水预热杯盏，因为热盏中的茶水不易冷却，这样茶味可以保持不变。之后将少量的茶末放置在杯盏中，注入少量水调匀成茶膏。再一边注水，一边用茶筅快速击拂茶汤，茶与水交融并出现大量白色茶沫，被称作"雪沫乳花"。汤花细腻均匀，紧咬盏沿，久聚不散。打好的茶，如同一碗雪，饮用时连汤带沫一起吃下，味道悠远绵长。

根据茶叶的品质不同，点茶的技法不同，会呈现出不同的效果，技巧性很强，所以，文人雅士们争相切磋点茶技艺。两宋时期，"斗茶"之风气盛行。

茱萸茶

〔宋〕项安世

城郭千山隘 [1]，晨昏二气并。
乍如冰底宿，忽似甑 [2] 中行。
蚯蚓方雄长，茱萸可扞 [3] 城。
龙团宁小忍，异味且同倾。

注释

[1] 隘：险要的地方。
[2] 甑：古代的一种炊具，底部有许多小孔，用蒸汽将食物蒸熟。
[3] 扞：同"捍"。

◎茱萸茶

　　茱萸，又名"艾子""越椒"，是一种常绿并且具有香气的植物。茱萸还有一个雅号叫"辟邪翁"，因为古时候的人们认为茱萸可以驱邪消灾。每逢重阳佳节的时候，人们佩戴茱萸，爬山登高。这是我国千百年来一直流传的习俗。

　　茱萸有三种，分别是山茱萸科山茱萸、茴香科吴茱萸和茴香科食茱萸。这三种都是民间常用的中药。茱萸开小黄花，果实称"萸肉"，呈红色，椭圆形，味道微酸，可入药。

　　用作茱萸茶的萸肉一般是山茱萸或者吴茱萸，制作方法是取 60 克山茱萸肉、益智仁 50 克，配上白术 25 克、党参 25 克，放在砂锅中加水煎煮。或者取吴茱萸、甘草各 5 克，在锅中加入适量清水，用小火煎煮 20 分钟，再将红茶放入杯中，用茱萸汤汁冲泡。

云雾茶歌

〔清〕易顺鼎

匡山 [1] 云雾窟沉沉，闻有六朝 [2] 僧未死。

窟中产作云雾茶，灏气 [3] 清英复无比。

托根高接南斗旁，坐令涧壑流芬芳。

三十六梯不可到，天风细细吹旗枪 [4]。

幽香似酒忘年岁，仙蝶飞来心已醉。

清閟 [5] 宜教虎豹守，窈冥 [6] 若见龙蛇避。

鸿荒阖后留根荄 [7]，却是匡君手自栽。

高空日月赠精髓，邃古冰霜成异胎。

注释

[1] 匡山：即江西省的庐山。

[2] 六朝：指中国历史上孙吴（或称东吴）、东晋、南朝宋（或称刘宋）、南朝齐（或称萧齐）、南朝梁（或称萧梁）、南朝陈这六个朝代。

[3] 灏气：弥漫在天地间的大气。

[4] 旗枪：指旗枪茶。

[5] 清閟：清净幽邃。

[6] 窈冥：幽深昏暗。

[7] 鸿荒：世界混沌未开的状态。荄：草根。

斡旋元气仙人掌，斟酌灵浆众帝台。

蒙顶上清足相埒[1]，宜供大祀陈天阶。

辛苦山僧摘盈瓮，手皲[2]足茧人间送。

叶叶都含瀑水湿，枝枝尽带岚霞重。

种少应知造物悭[3]，摘多莫使山灵痛。

螺春龙井[4]徒芳腴，尚书道此清凉殊[5]。

中泠[6]精鉴赞皇李，双井佳题玉局苏[7]。

袖里携将云雾去，欲倾江汉试跳珠[8]。

注释

[1] 埒（liè）：并立。

[2] 皲：皮肤干裂。

[3] 悭：吝啬。

[4] 螺春龙井：指碧螺春茶和龙井茶。

[5] 殊：特别，不一般。

[6] 中泠：中泠泉，位于江苏省镇江市，被陆羽评为"天下第七泉"。

[7] 双井：黄庭坚的家乡修水双井。此地生产的茶叶被称为"双井茶"。
"佳题玉局苏"，指苏轼曾经为双井茶题诗。玉局是道观名，苏轼曾经
任玉局观提举，后人便用玉局称苏轼。

[8] 跳珠：指溅起来的水珠或雨点。

◎庐山
　云雾茶

　　庐山云雾茶是绿茶的一种，产地在江西省九江市的庐山。庐山云雾茶是中国十大名茶之一，始于汉朝，在宋代被列为"贡茶"。

　　云雾茶最早是一种野生茶，因产在高山之上云雾之中而得名。后来，东林寺的名僧慧远将野生茶改造为家生茶，很长时间以来，都是由庐山山寺中的僧人们在种植。

　　庐山云雾，千姿百态，浩渺无穷，李白在《庐山谣寄卢侍御虚舟》一诗中赞道："庐山秀出南斗傍，屏风九叠云锦张，影落明湖青黛光。"正因为有庐山云雾、庐山水瀑的润泽，使得庐山的茶叶香幽如兰，滋味醇厚。

　　庐山云雾茶的特点通常用"六绝"来概括，即条索粗壮、青翠多毫、汤色明亮、叶嫩匀齐、香凛持久、醇厚味甘。冲泡庐山云雾茶宜用85°C左右的水，这个温度可使得茶香充分发挥，茶汤色泽明亮，味道甘醇。

己亥杂诗·其九十三

〔清〕龚自珍

金銮 [1] 并砚走龙蛇，无分同探阆苑 [2] 花。
十一年来春梦冷，南游且喫 [3] 玉川茶。
（同年卢心农元良 [4] 时知甘泉。）

注释

[1] 金銮：原指帝王车马的装饰物，因唐代翰林院与金銮坡相接，故用作翰林学士的美称。
[2] 阆苑：指翰林苑。
[3] 喫（chī）：同"吃"。
[4] 卢心农元良：卢元良，字心农，江西南康人，作者的好友。龚自珍辞官南归时，生活窘迫，靠着好友们的救济得以过江淮。卢元良当时在江苏省甘泉县当知县。这首诗便是作者赠给卢元良的。

◎玉川茶

　　我们在诗词中常见到的"玉川茶"，实际上并不是特指某一个茶的种类，而是由著名的诗人、茶学家卢仝得名。

　　卢仝，自号玉川子，唐代诗人，初唐四杰之一的卢照邻之孙。他早年隐居在少室山茶仙泉，后来迁居到洛阳。他性格孤高狷介，不愿仕进。家中虽然十分贫困，但图书满屋。他终日苦读，博览群经。

　　卢仝好饮茶作诗，被世人尊称为"茶仙"。他的著作《茶谱》，与陆羽的《茶经》齐名。他的诗作《七碗茶诗》也十分有名，诗中有言："一碗喉吻润，二碗破孤闷。三碗搜枯肠，惟有文字五千卷。四碗发轻汗，平生不平事，尽向毛孔散。五碗肌骨清，六碗通仙灵。七碗吃不得也，唯觉两腋习习清风生。"诗中写自己饮茶时的怡然自得，飘飘欲仙。后来人便常常用"玉川茶"来代指自己喝的茶。

　　宋代王之道的《和因上人三首》云："燥吻未濡莲社酒，枯肠空搅玉川茶。"元代宋方壶的《双调·雁儿落过得胜令·闲居》云："广种邵平瓜，细焙玉川茶。"元代张可久的《越调·寨儿令》云："饮一杯金谷酒，分七碗玉川茶。"

雪茶

〔明〕杨爵

雾后飞来满太空[1]，巧将轻片舞条风[2]。
六花[3]烹作六安水，瑞气都留玉盏中。

注释

[1] 太空：指天空。
[2] 条风：古代称立春后之东北风为条风，意为条达万物之风。
[3] 六花：指雪花，雪花的冰晶有六个角，故称六花。

◎雪茶

雪茶在这里并不是指某个茶叶的品类，而是指用雪水煎煮的茶。古代人煎茶用的水十分讲究，有山泉水、江水、井水等，煮出来的茶滋味各有不同。陆羽认为"山水上，江水中，井水下"。而天上落下来的水，如露水、雨水、雪水等，古人称之为"天泉"，又或"无根水"，因水从天上来而得名。

雪水烹茶，是一件风雅之事。历代不少文人有雪水煎茶的雅趣。唐人陆龟蒙在《煮茶》诗中写道："闲来松间坐，看煮松上雪。"白居易的《吟元郎中白须诗兼饮雪水茶因题壁上》有言："吟咏霜毛句，闲尝雪水茶。"陆游的《雪后煎茶》有言："雪液清甘涨井泉，自携茶灶就烹煎。一毫无复关心事，不枉人间住百年。"

如今人们很少会用露水、雨水、雪水去煮茶，一方面是没有古人的闲情逸致去收集、存储这些水；另一方面，则是现代城市环境污染较为严重，未经净化的水喝起来并不是很健康。而近代科学分析证明，自然界中的雨水、雪水是纯软水，用软水泡茶，香气馥郁、味道甘醇。在古代，工业不发达，生态环境比现在好得多，所以那个时候的雨水、雪水等，自然要比现在的洁净很多。《红楼梦》中，妙玉用来招待客人的水，是埋在地下五年的梅花雪，可见妙玉之品味不俗。

如今虽然很少直接烹雪煮茗，但是在大雪来时，闲人独坐，对雪烹茶，也是一番悠然的意趣。

观化 [1] 十五首·其十

〔宋〕黄庭坚

红罗步障 [2] 三十里，忆得南溪踯躅花 [3]。
马上春风吹梦去，依稀人摘雨前茶。

注释

[1] 观化：观察事物的变化。组诗原序："南山之役，偶得小诗一十五首，书示同怀，不及料简铨次。夫物与我若有境，吾不见其边；忧与乐相遇乎前，不知其所以然。此其物化欤？亦可以观矣。故寄名曰观化。"

[2] 红罗：红色的罗绮，比喻春花。步障：在路的两旁插一排竹杖作为屏障，以挡尘土。

[3] 踯躅花：又称闹羊花。

◎雨前茶

　　中国有一句俗语：茶贵新，酒贵陈。在茶叶商店门口或茶叶包装上，我们经常可以看到"三前摘翠"的字样。"三前"指的是社前、火前、雨前，"翠"指的是茶叶。其中，社前是指春社前，大约在春分前后；明前指的是清明之前。

　　雨前茶，指的是清明之后、谷雨之前采制的茶，时间是4月5日至4月20日左右。雨前茶被称为"茶中上品"，明代许次纾在《茶疏》中说："清明太早，立夏太迟，谷雨前后，其时适中。"

　　清明到谷雨这段时间气温回升，茶树的生长速度较快，因此，长成的茶叶不像明前茶那么细嫩，但它叶片当中积累的物质更为丰富，所以滋味比明前茶更加鲜浓，也更加耐泡。

素描——雨前茶

红罗步障三十里，忆得南溪躑躅花。
马上春风吹梦去，依稀人摘雨前茶。

——〔宋〕黄庭坚

闲游四首·其三

〔宋〕陆游

过尽僧家到店家，山形四合^[1]路三叉。
清明浆^[2]美村村卖，谷雨茶香院院夸。
困卧幽窗身化蝶，醉题素壁^[3]字栖鸦。
夕阳不尽青鞋^[4]兴，小立风前鬓脚斜。

注释

[1] 四合：四面围拢。
[2] 浆：指在清明节出售的饮品，如酒水、果汁、豆浆一类。
[3] 素壁：白色的墙壁。
[4] 青鞋：草鞋，借指笔套。

◎谷雨茶	谷雨茶特指谷雨时节采制的春茶，又名"二春茶"。 　　谷雨是二十四节气中的第六个节气，也是春季的最后一个节气，时间是每年公历4月19日或20日或21日。 　　传说谷雨这一天采摘的茶喝了有清火、明目、辟邪的功效，所以在南方地区，每年谷雨这一天，很多茶农都会一早就去采摘新茶，回到家后立刻炒制茶叶，给全家人都泡上一杯，以祈求全家安康。

沁园春·寿冰壑·十月十七

〔宋〕无名氏

　　冰壑平生，如伯伦[1]狂，似希乐[2]豪。喜观书不用、菊茶明眼，登山不倩[3]、藜杖[4]扶腰。豆粥萍齑，鲙羹鳞脯，湖海人常折简招[5]。谁云老，有满怀风月，藏在诗瓢。

　　凌晨向鹊冲霄，道昴[6]宿于今又应萧。记垂弧[7]令节，恰当后日，下元[8]好景，正属前朝。冷胆如天，刚肠如剑，须把千杯寿酒浇。那堪更，是梅花时月，烂熳溪桥。

注释

[1] 伯伦：刘伶，字伯伦，魏晋名士，竹林七贤之一。
[2] 希乐：刘毅，字希乐，东晋末年将领。
[3] 倩：借助。
[4] 藜杖：拐杖。
[5] 折简招：以便笺相召，意谓与人交游随便，不拘小节。
[6] 昴：星名，二十八宿之一。
[7] 垂弧：古代称生男子为垂弧。
[8] 下元：唐人以正月十五为上元，七月十五为中元，十月十五为下元。

◎菊茶

菊茶即菊花茶，是以菊花为原料制作成的花草茶。菊花是我国十大名花之一，它的种植就起源于我国，已有两千五百多年的种植历史。菊花的品种繁多，有三千多种。像浙江桐乡的杭白菊、黄山的徽州贡菊、安徽亳州的亳菊、安徽滁州的滁菊、浙江德清的德菊等，都是有名的菊花品种。

菊花除了有观赏价值以外，还可以入药。将菊花做茶已历史悠久，据记载，唐朝人就已经有喝菊花茶的习惯。

根据菊花品种的不同，菊花茶的制作方法也不同。例如，亳菊、滁菊可以连同花枝一起摘下之后放在架子上阴干，等花枝都干了之后，剪下干花贮存。而杭菊需要平铺放在蒸笼上，高温蒸4到5分钟。高温杀青后再取出曝晒，晒3天后翻动一次，再晒3天。之后将菊花堆聚1到2天，之后再晒1到2天，直到花心变硬，就可以储存了。贡菊花茶则需要60℃的烘烤，九成干之后取出，再放到阳光下略晒。

菊花味道甘苦，性微寒，具有清热、明目、解毒的功效，菊花茶十分适宜夏季饮用，但是不要喝放置太久的菊花茶。

新夏

〔明〕文徵明

暖风庭院草生香，晴日帘栊[1]燕子忙。
白发不嫌春事去，绿阴自喜夏堂凉。
闲心对酒从时换，老倦抛书觉昼长。
客有相过同一笑，竹炉[2]吹火试旗枪。

注释

[1] 帘栊：竹帘与窗户。
[2] 竹炉：一种竹制的茶炉。

◎旗枪茶

旗枪茶是产于浙江杭州、萧山、富阳一带的扁形炒青绿茶，是我国浙江的特种茶之一，距今已有四百多年的生产历史。

旗枪茶的叶芽尖削，形如枪头，叶片舒展，如同旌旗，因此得名。每年的清明节前后，茶农们会选取叶芽细嫩的进行采摘，形态是一芽一、二叶。根据采摘季节的不同，可细分为春茶、夏茶、秋茶，有时候也称为头茶、二茶、三茶、四茶。其中以初春时采摘的茶叶为最优。

诗人马钰在《长思仙·茶》中咏道："一枪茶，二旗茶。休献机心名利家。无眠为作差。无为茶，自然茶。天赐休心与道家。无眠功行加。"

元翰少卿宠惠谷帘水一器龙团二枚仍以新诗为贶 [1] 叹味不已次韵奉和

〔宋〕苏轼

岩垂匹练 [2] 千丝落，雷起 [3] 双龙万物春。
此水此茶俱第一，共成三绝 [4] 景中人。

注释

[1] 元翰：鲁有开，字元翰。少卿：官名。宠惠：敬赠。龙团：指龙团茶。贶：赐与。
[2] 匹练：形容谷帘泉水如白练。
[3] 雷起：形容声威巨大。
[4] 三绝：谷帘泉水、龙团茶和新诗。一说指谷帘泉水、龙团茶和元翰。

◎龙团

龙团，宋代贡茶名，因茶饼上印有龙形图纹而得名。宋徽宗的《大观茶论》中有曰："本朝之兴，岁修建溪之贡，龙团凤饼，名冠天下。"又说："近岁以来，采择之精，制作之工，品第之胜，烹点之妙，莫不盛造其极。"

团茶，是一种饼茶，古人将采摘的茶叶放在蒸笼上蒸，再捣碎研磨，放在模具中压成饼状。烘焙干燥后，在饼正中间穿个洞挂起来，包装好就是成品了。陆羽在《茶经》中提到饼茶的制作程序时有曰："采之，蒸之，捣之，拍之，焙之，穿之，封之，茶之干矣。"有关茶饼的记载可以追溯到三国时期，魏国人张揖在《广雅》中云："荆巴间采茶作饼，叶者，饼成，以米膏出之。"说明在湖北、四川一带，早在三国时期就已经有搀和米汤制成的茶饼了。

到了宋代，团茶的制作工艺大大改进，丁谓担任福建转运使时，精心监督御茶的制作，并进贡龙凤团茶。茶饼上印有龙、凤花纹。印龙纹称为龙团、龙茶、盘龙茶等；印凤纹称凤团、凤饼、小凤团等；印龙凤纹就称为龙凤团茶。一般民用的茶饼，不能使用龙凤图案。此后龙团凤饼的制作工艺不断改进，花样迭出，进贡给皇家的团茶名称也五花八门，如龙凤英华、龙团胜雪、瑞云翔龙、龙苑报春、玉叶长春等。

宋代龙团凤饼贡茶极其珍贵，普通百姓根本消费不起。仁宗时，蔡襄将其改良制成小龙团茶，外形小巧玲珑，一斤有二十八个饼，极具观赏价值。小龙团深得宋仁宗的喜爱，被赐予"上品龙茶"的美称。就连大文学家欧阳修，据说在朝当官二十多年，才蒙恩得赐一饼。

素描—龙团

岩垂匹练千丝落，雷起双龙万物春。
此水此茶俱第一，共成三绝景中人。

——〔宋〕苏轼

怡然以垂云新茶见饷报以大龙团 [1] 仍戏作小诗

〔宋〕苏轼

妙供来香积 [2]，珍烹具大官。
拣芽分雀舌，赐茗 [3] 出龙团。
晓日云庵 [4] 暖，春风浴殿寒。
聊将试道眼 [5]，莫作两般看。

注释

[1] 怡然：诗僧清顺。见饷：用食物款待我。大龙团：宋代御制极品贡茶，茶饼上印有龙形图案。大龙团每斤八饼，小龙团每斤二十饼。
[2] 香积：指陕西西安的香积寺。这里指香积寺的厨师。
[3] 赐茗：龙团贡茶只能由皇上赏赐。
[4] 云庵：白云环绕中的山中庙庵。
[5] 道眼：法眼。这里指识别茶叶优劣的眼力。

◎雀舌茶

古时候，人们常常把茶叶分为四个等级，分别是莲芯、旗枪、雀舌和鹰爪。茶叶长到第二片叶抽出的时候，两片叶就如同鸟雀的喙，中间的芽小巧玲珑如同雀舌，因此，称其为雀舌茶。在古代，雀舌茶是指茶叶的形态，而不是指茶叶的品种。沈括在《梦溪笔谈》中云："茶芽，古人谓之'雀舌''麦颗'，言其至嫩也。"雀舌茶茶叶细嫩，属于茶中极品。

产于贵州的湄潭翠芽也被称为雀舌茶，即贵州雀舌。其实，湄潭翠芽大多数是单芽的，形状并不完全似雀舌。贵州还有一种绿茶——都匀毛尖，形状是一芽一叶，所以也被称为雀舌。

诉衷情·闲中一盏建溪茶

〔宋〕张抡

闲中一盏建溪茶，香嫩雨前芽^[1]。砖炉最宜石铫^[2]，装点野人家。

三昧手^[3]，不须夸，满瓯花。睡魔何处，两腋清风^[4]，兴满烟霞。

注释

[1] 雨前芽：指谷雨以前采摘的新茶。

[2] 铫（diào）：即吊子，一种烹饪器具。

[3] 三昧手：这里指精于品茶的人。

[4] 两腋清风：传说中成仙的人腋下生出清风，飞升离地。这里指喝茶之后快活如同神仙。

◎建溪茶

　　建溪，闽江支流，发源于浙江省，流入福建建瓯县境内。建溪流域山势回环，水量丰沛，十分适合茶叶的生长。

　　建溪茶，又称为建茶，它是产于福建建溪流域的顶级贡茶。一千多年前，宋人李虚在外当官，忆及家乡建州（今建瓯）的优质茶叶时，便用"建"字命名，这也是"建茶"之名的首次使用。建茶之所以享有盛名，除了其本身品质优良之外，还在于它先声夺人。建茶的制作早，春社前十五日便已经开始运作了。建茶的采摘早，茶农们一般在日出之前便上山采摘，这种活动被称作"摘山月"，太阳出来便收工回家。再者，建茶的入贡时间早，"头纲茶"（指一年中第一次萌发第一次采制的春茶）赶在春社之前就要从建州运送到数千里之外的东京汴梁城（今河南开封），进献给帝王和高官享用。

　　据宋代子安《东溪试茶录》载，宋代建溪茶共分为七种：一曰斗茶，二曰甘叶茶，三曰早茶，四曰细叶茶，五曰稽茶，六曰晚茶，七曰丛茶。

七宝茶

〔宋〕梅尧臣

七物甘香杂蕊茶 [1]，浮花泛绿乱 [2] 于霞。
啜之始觉君恩重 [3]，休作寻常一等夸。

注释

[1] 蕊茶：用茶的嫩芽制成的上好茶叶。
[2] 乱：漂荡。
[3] 啜：饮。君恩重：七宝茶是皇帝赏赐的，所以说"君恩重"。

◎七宝茶

　　七宝茶，顾名思义，是指在茶水中加入七种材料的饮品。它是宋代宫廷中的名贵饮料，所以诗人饮此茶时，说"始觉君恩重"。

　　蕊茶是用茶的嫩芽研制而成的上好茶叶，七宝茶在蕊茶中加入葱、姜、枣、茱萸、薄荷、橘子皮和盐七种佐料，从而制成昂贵的饮品。诗人盛赞七宝茶汤色至美，浮沫如同彩霞，此茶绝非凡品，平常茶水绝不可与之相比。

　　在唐宋时期，皇帝常常用贡茶来赏赐臣下。据宋代王巩《甲申杂记》载："仁宗朝，春试进士集英殿，后妃御太清楼观之。慈圣光献出饼角以赐进士，出七宝茶以赐考官。"

尝惠山泉

〔宋〕梅尧臣

吴楚千万山，山泉莫知数。

其以甘味传，几何若饴露。

大禹书不载，陆生[1]品尝著。

昔唯庐谷[2]亚，久与茶经附。

相袭好事人，砂瓶和月注。

持参万钱鼎，岂足调羹助。

彼哉一勺微，唐突为霖澍[3]。

疏浓既不同，物用诚有处。

空林癯面[4]僧，安比侯王趣。

注释

[1] 陆生：指唐代陆羽，被称为"茶圣"。

[2] 庐谷：指江西星子县西庐山康王谷中的谷帘泉，陆羽称其为"天下第一泉"。

[3] 霖澍：淫雨，过量的雨。

[4] 癯（qú）面：容颜消瘦。

◎惠山泉

惠山泉在江苏无锡的惠山，被陆羽《茶经》称为"天下第二泉"。据说湖州刺史李季卿在维扬邀陆羽煮茶品水，陆羽品尝了天下二十种宜茶之水，最终评定庐山康王谷的谷帘泉为天下第一，江苏无锡惠山白石坞下的惠山泉为第二，湖北蕲水兰溪泉为第三。这些地方的泉水经陆羽评定，更是声名大噪。

中唐诗人李绅曾赞叹道："惠山书堂前，松竹之下，有泉甘爽，乃人间灵液，清鉴肌骨。漱开神虑，茶得此水，皆尽芳味也。"他将惠山泉水称为"人间灵液"，极力赞美泉水味道之醇美。宋徽宗时，惠山泉水成为宫廷贡品。大书法家赵孟頫书"天下第二泉"五个大字，如今仍在泉亭后的石壁之上。

陆羽对泡茶的用水极为讲究，水质是直接影响到茶汤的品质的。《茶经》中说："其水，用山水上，江水中，井水下。其山水拣乳泉、石池漫流者上。"可见，泡茶用水，以山水为佳，山水即泉水。惠山泉水源于若冰洞，因这里的水杂质微少，味道甘洌，所以特别适合煎茶。

与 [1] 赵莒茶宴

〔唐〕钱起

竹下忘言 [2] 对紫茶，全胜羽客 [3] 醉流霞。
尘心 [4] 洗尽兴难尽，一树蝉声片影斜。

注释

[1] 与：参与，参加。
[2] 竹下忘言：《晋书·山涛传》："（山涛）与嵇康、吕安善，后遇阮籍，便为竹林之游，着忘言之契。"忘言，指心领神会，无需用言语表达。
[3] 羽客：道士。
[4] 尘心：世俗之机心。

◎紫茶

紫茶，即紫笋茶，是唐代名盛一时的贡茶。因"茶圣"陆羽《茶经》中有"茶者，紫者上"和"笋者上"之说，故以"紫笋"为名。紫笋中知名的有湖州（今嘉兴市）的湖州紫笋、常州义兴（今江苏宜兴）的义兴紫笋、四川雅安的蒙顶紫笋等，这当中又以湖州和常州交界处顾渚山产的顾渚紫笋最负盛名。在唐代各地的贡茶中，以顾渚紫笋为最多。唐代张文规《湖州贡焙新茶》中载："凤辇寻春半醉回，仙娥进水御帘开。牡丹花笑金钿动，传奏吴兴紫笋来。"诗中描绘的就是皇帝出游半醉而回，听闻进贡的紫笋茶到来的消息时欢欣不已的情形。

这首诗还提到了我国古代一种特殊的宴饮形式——茶宴。茶宴又称为茶会，是一种以茶会友、以茶待客的设宴方式。茶宴始于南北朝时期，唐朝时开始风靡，在宋代达到鼎盛。唐代茶宴中规模最大和声名最盛的就要数顾渚山茶宴。每年早春采茶的时节，湖州和常州的太守们就会在顾渚山大摆茶宴，广邀四方宾朋。在宴会上，文人雅士、各界名流一同品饮贡茶，赏玩精美的茶器、茶具，欣赏优美的顾渚山风光。

茶宴规模可大可小，宫廷茶宴常常极尽奢华之能事，所选茶自然是上品中的上品，所用器物也是精贵至极。除此之外，还有繁复的礼节。而寺院僧侣举办的茶宴就显得简朴雅致，品茶之余，亦有诵经、参禅等活动。普通人家的茶宴则较为自在随意，不过是三五好友品茗会谈、切磋茶艺罢了。

第六章　酒

．
JIU

：

秋日应诏

〔唐〕袁朗

玉树凉风举，金塘细草萎。
叶落商飙观[1]，鸿归明月池。
迎寒桂酒熟，含露菊花垂。
一奉章台[2]宴，千秋长愿斯。

注释

[1] 商飙观：即商飚馆，南朝齐武帝建于建康，俗称九日台。
[2] 章台：章华台，春秋时楚国离宫。这里指君臣宴饮之地。

◎桂酒

桂酒，又称为桂醑、桂花醑。我国酿制、饮用桂酒的历史非常悠久。早在先秦时代，屈原所作的《楚辞·九歌·东皇太一》中，就有"蕙肴蒸兮兰藉，奠桂酒兮椒浆"之句。东皇太一是楚国天神当中的至尊，所以楚人祭祀时会用珍贵的桂酒和椒浆。

关于桂酒的具体酿制方法，并没有明确的记载。王逸《楚辞章句》注："桂酒，切桂置酒中也。"这当中说明了桂酒的一种制成方法，但并未提及所用的具体原料。桂树有木樨、肉桂两类，一般认为，根据所用的原料可以将桂酒的酿制方法也分为两种。

一种是用桂花浸制而成的桂酒。桂花即木樨，根据颜色还可以分为丹桂、金桂、银桂等。这种桂酒就是将桂花放置在酒中发酵而成。唐中宗李显在《九月九日幸临渭亭登高作》中写道："九日正乘秋，三杯兴已周。泛桂迎樽满，吹花向酒浮。"这种桂酒在饮用的时候，桂花的花瓣还漂浮在酒中。在唐代，桂酒的规格很高，仅在皇家宴饮及赏赐重臣时饮用，还曾作为公主的陪嫁之物。

另一种是切桂酿制成的桂酒。如上文中提到的《楚辞章句》中的记载，这种桂酒既然在制作过程中有"切桂"这一工序，那么它的原材料就很可能不是桂花，而是名为桂的其他名物，比方说肉桂。在古书当中，还有菌桂、木桂、牡桂等品名，但可能都是肉桂之别称。肉桂味道辛辣，有浓烈的药味，所以用肉桂皮酿成的桂酒也具有味道辛辣、香气浓烈的特征。

苏轼在《新酿桂酒》中写道："捣香筛辣入瓶盆，盎

◎桂酒	盎春溪带雨浑。收拾小山藏社瓮，招呼明月到芳樽。酒材已遣门生致，菜把仍叨地主恩。烂煮葵羹斟桂醑，风流可惜在蛮村。"其中就写到了他酿制桂酒的过程：将桂、辣子等一些辛香材料经过捣、筛等程序，然后加入酒曲进行酿造。这里，苏轼所用的便极有可能是菌桂、肉桂一类的原材料，不同于香气清新的桂花。

游山西村

〔宋〕陆游

莫笑农家腊酒浑[1]，丰年留客足鸡豚[2]。
山重水复疑无路，柳暗花明又一村。
箫鼓追随春社[3]近，衣冠简朴古风存。
从今若许闲乘月[4]，拄杖无时[5]夜叩门。

注释

[1] 浑：浑浊。酒以清为贵。
[2] 豚：小猪，代指猪肉。
[3] 春社：古代立春后第五个戊日为春社日，拜祭土地神和五谷神。
[4] 闲乘月：趁着月明出来闲游。
[5] 无时：没有固定时间，随时。

◎腊酒

腊酒是指腊月（农历十二月）里酿制的米酒，在春节期间，既可以招待宾客，也用来敬神祭祖。腊酒由粮食酿造，在古代，有时候在温饱问题都不能解决的情况下，人们就更舍不得用粮食来酿酒了，所以在农家，腊酒的普及程度远远不及腊八粥、腊八蒜等。陆游的诗中也说明今年是丰年，农家才会酿制米酒。

腊酒历史悠久，唐代岑参在《送张献心充副使归河西杂句》中曰："玉瓶素蚁腊酒香，金鞍白马紫游缰。"唐代杜牧在《惜春》中曰："即此醉残花，便同尝腊酒。"

明代高濂在《遵生八笺·酝造类》中记载了腊酒的酿制方法："用糯米二石，水与酵二百斤足称，白曲四十斤足称，酸饭二斗，或用米斗起酵，其味浓而辣。正腊中造煮时，大眼篮二个，轮置酒瓶在汤内，与汤齐滚取出。"

麻姑酒歌

〔明〕杜庠

麻姑之山[1]撑半空，麻姑之水飞长虹。

奔流到城不到海，酿春尽入糟丘[2]中。

前年足迹半天下，曾访麻姑当[3]盛夏。

麻姑酌我[4]三百杯，玉山颓然[5]醉方罢。

麒麟之脯擘荐[6]酒，世间此味何曾有。

醒来欲再访麻姑，万叠千重云有无。

君家留我亦不减此味，酒泉如海何须沽。

注释

[1] 麻姑之山：麻姑山，在今江西南城县西南，山顶有古坛，传说仙女麻姑在此得道升仙，因而得名。

[2] 酿春：酿造春酒。糟丘：指酒糟堆积如山丘。

[3] 当：正当，正值。

[4] 酌我：使动用法，意即让我饮酒。

[5] 玉山颓然：形容醉酒之态。《世说新语·容止》载，嵇康"其醉也，傀俄若玉山之将崩"。

[6] 麒麟之脯：麒麟的胸脯肉。麒麟，传说中的瑞兽名。雄曰麒，雌曰麟。擘：分割、分裂。荐：这里指拿来作下酒物。

◎麻姑酒

　　麻姑酒是江西省地方名酒，历史悠久，产于江西南城县。麻姑酒与麻姑茶、麻姑粉并称为"麻姑山三宝"。此酒选用麻姑山优质糯米和山泉，并配以麻姑山芙蓉峰特产何首乌、灵芝等二十多种名贵中药材酿制而成。清同治五年撰写的《麻姑山志》称："麻姑山人，取麻姑山泉水酿麻姑酒，饮之冷比霜雪，甘比蜜甜，一盏入口，沉疴即痊。"

　　麻姑酒香气浓郁，口味甘醇，酒性柔和，为当地祝寿必用之酒，有"寿酒"之称。据《神仙传》载，麻姑为东汉桓帝时人，她在绛珠河畔以灵芝酿酒，为王母祝寿。故麻姑酒又称寿酒。唐代书法家颜真卿称赞其"三杯可却病，久服能益寿"。

拨闷

〔唐〕杜甫

闻道云安[1]麴米春，才倾一盏即醺人。
乘舟取醉非难事，下峡消愁定几巡。
长年三老[2]遥怜汝，捩柂开头捷有神。
已办青钱防雇直，当令美味入吾唇。

注释

[1] 云安：今重庆云阳县。
[2] 长年三老：三峡中以篙师为长年，柂工为三老。

◎麹米春

　　麹米春，又作曲米春，酒名。永泰元年（765），因严武去世，杜甫在成都没有了立足之地，所以于五月，杜甫携全家乘船东下，离开成都，六月到了忠州，打算继续前往云安，这首诗就是在忠州所作。诗人在途中心情憋闷，所以作此诗《拨闷》，以排解心中忧愁。

　　古人云："何以解忧，唯有杜康。"杜甫更是嗜酒如命，自然只有好酒才可以排解心中烦忧。云安麹米春，"才倾一盏即醺人"，可见是好酒了。尽管忠州与云安相去数百里，但诗人愿意"乘舟取醉"，只为"美味入吾唇"。

　　唐代人多喜欢用"春"字来为酒命名，李肇《唐国史补》记载："酒有郢之富水，乌程之若下，荥阳之土窟春，剑南之烧春。"这些都是当时的名酒。苏轼对这种现象有过总结："唐人名酒，多以春名。"

　　"春酒"这种说法最早见于《诗经》。《豳风·七月》："六月食郁及薁，七月亨葵及菽，八月剥枣，十月获稻，为此春酒，以介眉寿。"这里的"春"是一种酿造方法：在秋天的时候用稻米进行酿制和储藏，过了一冬，到春天酒熟后方可取用，也被称为"冻醪""春醪"。《毛诗传》中载："春酒，冻醪也。"

　　根据这种造酒方法，后代逐渐把"春"用作酒的代称，到唐代为最盛。李白在《哭宣城善酿纪叟》中曰："纪叟黄泉里，还应酿老春。"白居易在《病中答招饮者》中曰："顾我镜中悲白发，尽君花下醉青春。"宋代的名酒中，也有很多以春为名的，例如，木兰春、玉堂春、锦江春、武陵春等。

　　"春"为四时之始，万物勃发，生机盎然。古人用"春"

| ◎麹米春 | 命名酒，也取其生机勃发的美好寓意。这种用法一直延续到今天，我国酒名中带"春"字的不可胜数，如剑南春、五粮春等。 |

别韦郎中 [1]

〔唐〕张谓

星轺 [2] 计日赴岷峨，云树连天阻笑歌。
南入洞庭随雁去，西过巫峡听猿多。
峥嵘洲上飞黄蝶，滟滪堆边起白波。
不醉郎中桑落酒，教人无奈别离何。

注释

[1] 韦郎中：指韦应物，唐代诗人。
[2] 星轺（yáo）：使者所乘的车。

◎桑落酒

桑落酒是我国的传统名酒，产于山西永济地区，至今已有一千多年的酿造历史。北魏郦道元在《水经注·河水四》中记载："（河东郡）民有姓刘名堕者，宿擅工酿，采挹河流，酝成芳酎，悬食同枯枝之年，排于桑落之辰，故酒得其名矣。"即桑落酒因为酿造于秋季桑落之时，方得其名。文中提到的酿酒人刘堕，很有可能就是以擅长酿酒而闻名于世的酒工——刘白堕，只是因为典籍传抄时出现了失误。刘白堕本是河东人，后来迁居北魏都城洛阳开坊酿酒，所酿美酒轰动一时。

北魏贾思勰所著的农书《齐民要术》中有关于桑落酒的酿造方法，据《法酒》篇记载："作桑落酒法：曲末一斗，熟米二斗。其米令精细，净淘，水清为度。用熟水一斗，限三酘便止。渍曲，候曲向发使酘，不得失时。"桑落酒制法精细，口味独佳。也有人称桑落酒为"索朗酒""桑郎酒"，这些名称应该只是后人在传播过程中出现的失误而已。胡仔在《苕溪渔隐丛话》曰："桑落酒，旧京人呼为桑郎"。吴曾在《能改斋漫录》曰："索郎酒者，桑落河出美酒，讹为索郎耳。"

起初"桑落"指的是这种酒的酿制时间在农历九、十月份，后来渐渐成了美酒的代名词，很多人都把自家酿制的酒称为"桑落酒"。明人王世贞有诗曰："故园桑落霜风软，紫蟹黄甘事事丰。乞得君家刘白堕，步兵明日下江东。"（《吕侍郎自制桑落酒，绝佳，以一瓯见饷，赋此为谢，并乞酿方》）这首诗中的桑落酒就是吕侍郎自制的。千百年来，"桑落"二字已经成为一种酒文化的符号，历朝历代的文人墨客常用桑落来指代美酒、

◎桑落酒	形容美酒。 　　清初时，桑落酒的酿法失传。直到 1979 年，永济市科研人员广泛收集古方，通过现代酿酒技术试制成功，桑落酒才得以重新面世。

除夜^[1] 雪

〔宋〕陆游

北风吹雪四更初，嘉瑞天教^[2]及岁除。
半盏屠苏犹未举，灯前小草写桃符^[3]。

注释

[1] 除夜：除夕夜。
[2] 嘉瑞：祥瑞。天教：天赐。
[3] 桃符：古人过年时在大门上挂有门神像或者写有门神名字的桃木板，后来也指春联。

元日 [1]

〔宋〕王安石

爆竹[2]声中一岁除，春风送暖入屠苏。
千门万户曈曈[3]日，总把新桃换旧符。

注释

[1] 元日：正月初一。
[2] 爆竹：古人烧竹子时，竹子会爆裂发出声响，用来驱除邪祟，后来
演变成放鞭炮。
[3] 曈曈：日出时光亮而温暖的样子。

◎屠苏

屠苏，古酒名，也写作屠酥、醣酥，是一种药酒。有人说屠苏本是一种草，也有说屠苏是指草庵、房屋。传说屠苏酒最初是由名医华佗将大黄、白术、桂枝、防风、花椒、乌头、附子等中药浸泡在酒中制成，称为"屠苏散"。这种药酒具有散风驱寒、温阳辟邪之功效。后来由唐代医学家孙思邈发扬流传。据说孙思邈每到腊月，都分送给乡邻一包药，让他们用药泡酒，除夕饮用，可以驱邪避瘟。此后，饮用屠苏酒就渐渐成为过年的风俗，在农历的正月初一，家家都要饮用屠苏酒。《荆楚岁时记》载："华佗之方，元日饮屠苏酒，辟不正之气。"

在古代，饮用屠苏酒还有一个礼俗，即年纪小的先喝，年纪大的后喝。洪迈《容斋随笔》引《时镜新书》云："晋董勋云：'正旦饮酒先从小者，何也？'勋曰：'俗以小者得岁，故先酒贺之，老者失时，故后饮酒。'"顾况在《岁日作》中云："还丹寂寞羞明镜，手把屠苏让少年。"苏辙在《除日》中云："年年最后饮屠苏，不觉年来七十余。"说的就是这种小者先饮、长者后饮的习俗。

在王安石《元日》诗中，"屠苏"指的是酒还是房屋名尚无定论，目前两种说法都有可取之处。不过既然是元日应节之作，似乎屠苏是一种酒更符合情境一些。

襄阳歌

〔唐〕李白

落日欲没岘山西，倒著接䍦 [1] 花下迷。

襄阳小儿齐拍手，拦街争唱白铜鞮 [2]。

旁人借问笑何事，笑杀山公 [3] 醉似泥。

鸬鹚杓，鹦鹉杯。

百年三万六千日，一日须倾三百杯。

遥看汉水鸭头绿，恰似葡萄初酦醅 [4]。

此江若变作春酒，垒曲便筑糟丘台。

千金骏马换小妾 [5]，笑坐雕鞍歌落梅 [6]。

车旁侧挂一壶酒，凤笙龙管行相催。

咸阳市中叹黄犬 [7]，何如月下倾金罍。

注释

[1] 倒著接䍦：晋朝山简镇守襄阳时，常常出去畅饮大醉而归。当时有歌谣："山公何所去，往至高阳池。日夕倒载归，酩酊无所知。时时能骑马，倒著白接䍦。"接䍦，一种白色的头巾。

[2] 白铜鞮：南朝齐梁时歌谣名。

[3] 山公：山简。这里指李白像山简一样，大醉而归被襄阳小儿嘲笑。

[4] 酦醅（pō pēi）：重酿未过滤的酒。

[5] 骏马换小妾：《独异志》载，后魏曹彰曾经用小妾换取一匹骏马。

[6] 落梅：即《梅花落》，乐曲名。

[7] 叹黄犬：秦相李斯被害时曾叹道："吾欲与若复牵黄犬，俱出上蔡东门，逐狡兔，岂可得乎？"

君不见晋朝羊公一片石[1]，龟头剥落生莓苔。

泪亦不能为之堕，心亦不能为之哀。

清风朗月不用一钱买，玉山自倒[2]非人推。

舒州杓，力士铛，李白与尔同死生。

襄王云雨[3]今安在，江水东流猿夜声。

注释

[1] 羊公：西晋名将羊祜，曾镇守襄阳。一片石：指堕泪碑。羊祜镇守襄阳时，常常登岘山，喝酒赋诗。他死后，后人为他在岘山立碑，见碑者无不流泪，因此被称为"堕泪碑"。

[2] 玉山自倒：形容醉态。《世说新语·容止》中载，嵇康"其醉也，傀俄若玉山之将崩"。

[3] 襄王云雨：宋玉《神女赋》中有楚襄王在梦中与神女相会的故事。

◎葡萄酒

葡萄酒就是以葡萄为原料酿造而成的酒。葡萄，又名蒲桃（葡陶、蒲萄、蒲陶）、草龙珠、紫樱桃等。葡萄的栽培历史非常悠久，迄今至少有四千年了，人类最早开始栽培葡萄的地区，在地中海和里海沿岸一带。

葡萄的生长适应能力很强，所以，它被陆续地传播到其他地区，广泛地种植。其实在我国，很早就有野生的葡萄，约在西汉时期，张骞出使西域时，由丝绸之路将境外的良种葡萄引入我国。此后，葡萄在我国渐渐广泛种植。《本草纲目》引《唐书》云："西人及太原、平阳皆作葡萄干，货之四方。蜀中有绿葡萄，熟时色绿。云南所出者，大如枣，味尤长。西边有琐琐葡萄，大如五味子而无核。"说明葡萄不仅产地广泛，品种也繁多。

葡萄酒的制作历史也很悠久。司马迁在《史记》中云："宛左右以蒲陶为酒，富人藏酒至万余石，久者数十岁不败。"唐人段成式《酉阳杂俎》载："（葡萄）实出于大宛，张骞所致。有黄、白、黑三种，成熟之时，子实逼侧，星编珠聚，西域多酿以为酒。"葡萄酒果汁含量丰富，深受人们喜爱。王翰在《凉州词》中云："葡萄美酒夜光杯，欲饮琵琶马上催。醉卧沙场君莫笑，古来征战几人回。"出征戍边的将士们，饮用的就是葡萄酒。

三月三日洛水作

〔西晋〕潘尼

暑运 [1] 无穷已，时逝焉可追？

斗酒足为欢，临川胡独悲？

暮春春服成，百草敷英蕤。

聊为三日游，方驾结龙旂 [2]。

廊庙 [3] 多豪俊，都邑有艳姿。

朱轩荫兰皋 [4]，翠幕映洛湄。

临崖濯素手，步水搴 [5] 轻衣。

沉钩出比目，举弋 [6] 落双飞。

羽觞 [7] 乘波进，素俎 [8] 随流归。

注释

[1] 暑运：指时光流逝。

[2] 旂：通"旗"。

[3] 廊庙：朝廷。

[4] 兰皋：长有香草的水边。

[5] 搴：提起，撩起。

[6] 举弋：拉开弓箭。弋，带有绳子的箭，专门用来射鸟。

[7] 羽觞：带耳的酒杯。

[8] 素俎：素饭菜。

◎曲水流觞

　　农历三月三日是中国传统节日上巳节。上巳节这天，人们有去水边沐浴的传统，被称为"祓禊"，以洗濯去垢，消除不祥。《论语·先进》篇云："莫春者，春服既成，冠者五六人，童子六七人，浴乎沂，风乎舞雩，咏而归。"说的便是暮春时节人们去水边沐浴的风俗。

　　到了魏晋以后，上巳节祓除不祥的意义渐渐减弱，人们更加倾向于在这春风和煦的日子里迎春赏游。在这个节日里，王公贵族、文人雅士往往在水边举行宴游活动，还做一种临水浮卵的小游戏。临水浮卵是将煮熟的禽蛋放在河水中漂流，下游的人谁拾到谁就吃掉。临水浮卵又渐渐发展成为一项文雅的习俗——曲水流觞，即禊饮。

　　在举行祓禊仪式后，人们坐在河渠的两岸，在上流放置酒杯，顺流而下，停在谁的面前，谁就取杯饮酒。觞是古代盛酒的器具，通常是木质的，底部有托，可以浮在水面上。也有用陶制或玉制的"羽觞"，放置在荷叶或盘上使之漂浮。

　　东晋书法家王羲之在《兰亭集序》中云："永和九年，岁在癸丑，暮春之初，会于会稽山阴之兰亭，修禊事也。群贤毕至，少长咸集。此地有崇山峻岭，茂林修竹，又有清流激湍，映带左右，引以为流觞曲水，列坐其次。虽无丝竹管弦之盛，一觞一咏，亦足以畅叙幽情。"文中所述就是文人雅士在暮春时节宴游集会的盛事。

素描——曲水流觞

暑运无穷已，时逝焉可追？
斗酒足为欢，临川胡独悲？

——〔西晋〕潘尼

终

∶

诗歌中的食物

∶